十二個孩子的人生哲學

作者＿＿＿＿張善穎
繪者＿＿＿＿小豆

目錄／

代序

小孩子的心

小孩子的心就像蠟；而一塊蠟之所以能任人擺弄，只有當它被暖化了才行。

——Peter Rosegger*

多少年來，我一直想要以小孩為主題，寫出他們和我之間那些富含詩意又略帶哲思的歡樂時光。

我喜歡和小孩子玩，和他們在一起最輕鬆自然，因為你可以大聲說話，可以幾乎沒有限制地跑跳吵鬧，可以彼此擁抱，可以彼此爭執，甚至可以狠狠地生氣，當然，你必須要有一個好的理由，譬如你玩遊戲「偷吃步」被他們發現了。小孩子不會記恨，他們只會取笑你，在下一次遊戲的時候每個人都會把你的糗事再說一遍，而你要學會他們的寬容，當作沒事人一樣。

我喜歡小孩子，因為當他們一旦喜歡上你，他們是真心地、完完全全地喜歡你。不過他們不會輕易地說出來。當你不出現的時候，他們不會刻意想起你，他們仍然專心玩耍、專心吃飯、專心走路、專心學習（或許不一定那麼專心啦），一點也沒有想起你。但是當他們看到你，他們整個人都活了起來；而你看見他們，就打從心底感受到一股暖流，把最需要血液的那塊心肉又催行了一遍，然後通過鼻腔，直抵眼窩，幾乎就要衝出泥丸宮、百會穴。你整個人就像打了一個滿滿的呵欠，眼睛濕濕潤潤的，四肢軟軟鬆鬆的，你的臉部肌肉起了一陣不自覺的扯動——你笑了。

我喜歡小孩，小孩子也喜歡我。我太太常和朋友們說起我如何地有孩子緣，應該可以作為一個旁證。不過我們並沒有自己的孩子。「別人的小孩更好玩」，這是我對「為什麼不自己生一個」的標準回答。真的是這樣！

我當然知道小孩子會哭、會耍賴皮、沒有定性，而且常常蠻起來一付天地不仁的樣子。不過我不怕。他哭，你假裝哭得更凶；他耍賴，你比他更無賴；他沒有定性，你要念頭動得比他更快；他蠻，你就不理他，一個人走開。小孩子並沒有意識到「你是大人，他是小孩」，只有大人才會這樣想，因為我們已經走過來了，有能力回顧。小孩子並沒有意識到他們自己處在一個特定的人生階段，而大人的形象則是他們未來的模樣。小孩子才不管所有這一切，他們活在當下，只活在當下，而且永恆地活在當下。大人們也應該學一學他們的不在意。小孩子，他們不需要很長時間就會長大成人的。

小孩子會長成大人，而我並不想回到孩提時代。我安於作目前的我，因為我喜歡小孩，小孩子也喜歡我。我會愈來愈老，不過可沒有一個小孩子會認為「老」是一件什麼可怕的事情，對他們來說，不願意和他們一齊玩的人（或者不願意聆聽的人）才真正可怕。我所認識的小孩子也會愈來愈大，大到有一天你突然覺得再稱他們「小孩」顯得有點奇怪的時候，他們就成人了。而對於長大了的小孩，我們最要教他們的，也許不是如何作一個大人，而是善待其他小孩，因為從和小孩子的互動中，長大了的孩子才能找到自己的大人定位。

這本書裡面的主角們，有的喊我叔叔（其中一個真的是我堂姪女），有的喊我張瘦叔叔，有的叫我伯伯（兩種的不同讀法：柏柏和北碑），有一個叫我（大）舅舅，也有跟著媽媽叫我善穎老師的。他們之中的大部分人，我從小看到大，有幾個甚至是從一出生開始，但也有上了學以後才認識的。他們之中最大的現在已經讀了研究所，小的兩年前才剛剛拒絕了推車的誘惑；他們之中，女孩男孩一樣多，剛好一半的人是獨生子女，有三個卻是親兄弟姊妹。我認識他們，也認識他們的父母，當然。

他們之中有幾個我們幾乎每個禮拜都碰面，有幾個則是一年才見幾次面。不過時間不是問題。二〇〇一年秋天我離開了台灣，也離開了這些孩子（當時這裡頭有人還沒出生呢），兩年多以後我又回來了，即使幾年沒見，他們也不會忘記你。不會。時間一向不是問題。

他們之中有人從小愛畫畫，而且還畫得非常好；有人從小愛看書，認得的字很多；有人彈琴，有人跳舞，有人熱愛書法、國畫，有人是游泳健將，有人喜歡踢足球；有人從小愛吃、愛哭、愛講話；有人深具實驗精神，什麼事都要自己試一遍；有人是偉大的夢想家，只靠一顆腦袋就可以生活下去；有人天生乖巧，罰她靠牆邊立正站好，她連下巴都會收進去。

他們之中有人覺得爸爸媽媽像外星人（反之亦然），說的話一句都聽不懂。

他們之中有人幸福得好像一切都是理所當然的，也有人對人生充滿了揮之不去的迷惑。

他們之中，有人唸佛，有人是虔誠的基督徒，更多的人怕鬼。

有人找不到早上起床上學的理由，有人根本不問晚上上床睡覺的時間。

真有趣，他們之中絕大多數都和媽媽比較親。

他們，絕大多數在台北出生，大部分時間都在台北長大，也許也會在台北走過大部分的人生，成為一個不折不扣的台北人（我希望不會）。

也許，作為一個朋友，而不是家人，我對他們並沒有一種令大人們自己都感到窒息的深切期待。這些期待倒不一定會讓孩子們因為壓力過大而感到呼吸困難，通常只是讓他們無聊、無趣罷了，偶爾也引發了他們對生命的進一步思索。對他們而言，滿足大人們的期待似乎不是特別困難的事，困難的是讓大人們了解他們有自己的興趣和未來。孩子雖然從父母那裡遺傳了各一半的基因，但是他們並沒有義務成為父母想要的樣子。Rosegger 的話的重點不在於「任人擺弄」，而在於「暖化」。

Rosegger 還說了另一句關於小孩子的話：「面對上帝，人們必須屈身，那是因為祂是如此地偉大；而面對小孩屈身，則是因為他們是如此弱小。」也許是因為他心中想像的小孩和我的不同，所以我不能完全同意他的話。小孩子只是身形小、年齡小，但在想像力和意志力這兩方面，他們可一點都不弱，而這兩者或許是他們往後成長過程中最關鍵的兩種能力。

寫下這些我所認識的孩子們（有些已經長好大了）的故事，有人也許會想，「會不會太溫情了？」我不怕。我怕的是，也許有一天我將不復記憶我所體驗到的更溫情的所有每一瞬間。但是寫下這些故事，還不只是為了回憶，而更是為了前瞻。

這本書裡面所寫到的孩子，他們的未來將十分不同於我們的。只有這一點才是我唯一的期待。

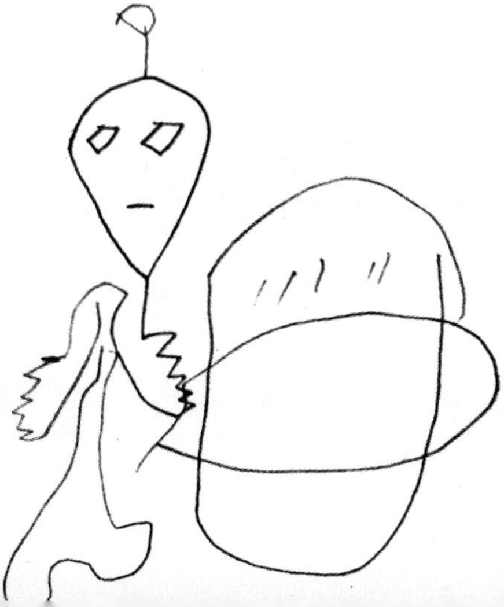

*

彼得・羅瑟格，1843年7月31日出生於奧地利，詩人、小說家，1918年，在他七十五歲生日前幾天，逝世於離他出生地不遠的Krieglach。羅瑟格本姓Roßegger，因為同時代在家鄉附近，包括他自己在內就有五個人名字一模一樣，都叫作Peter Roßegger，為了避免混淆，他在最早出版作品之際就把姓氏改成了Rosegger。

五十歲那年，德國麥因茨(Mainz)市長請他為計畫中的海涅(Christian Johann Heinrich Heine, 1797-1856)紀念碑寫點評論，羅瑟格卻以他對麥因茨這個城市和海涅其人都不熟悉而加以拒絕。這個事件讓一些人嗅出了羅瑟格的反猶太氣息（海涅是猶太人），甚至據傳，由這個事件而引起的爭議也導致了1913年最終取消了原本可能頒給他的諾貝爾獎。

第一次歐戰期間，羅瑟格寫了大量具有國家主義和親戰色彩的詩文。1943年，德國納粹慶祝了羅瑟格的百年冥誕，並且選用他的部分作品作為文宣。早在生前，羅瑟格就因為他的帶有社會批評性的文章，而被誤認為是反閃族主義者，死後又不幸地被納粹利用。他雖然自承是忠實於奧匈帝國的愛國主義分子，但對於德國國家主義卻始終明白地劃清界線。今天人們已經廣泛接受了，羅瑟格的詩文早就處處透露出人道主義的世界觀。

郁達夫於1935年冬天在杭州創作的散文名篇〈江南的冬景〉一文中曾經提到過他：「我不知道德國的冬天，比起我們江浙來如何，但從許多作家的喜歡以Spaziergang一字來作他們的創造題目的一點看來，大約是德國南部地方，四季的變遷，總也和我們的江南差仿不多。譬如說十九世紀的那位鄉土詩人洛在格(Peter Rosegger, 1843-1918)罷，他用這一個『散步』作題目的文章尤其寫得多，而所寫的情形，卻又是大半可以拿到中國江浙的山區地方來適用的。」這裡有兩點應該提醒注意的：首先，羅瑟格是奧地利人；其次，不論是德國最南方或者羅瑟格出生地的緯度都比海參威、日本北海道的最北邊還要高一點。

羅瑟格最廣為人知的詩句或許是那首短短四個段落的〈一個朋友去了美洲〉(Ein Freund ging nach Amerika)，詩句敘述在十九世紀第三波德語地區人口大量移民美國的歷史背景中，一位朋友連續三年向奧地利家鄉(Steiermark)的友人去信，分別要求索取家鄉的玫瑰、水和土壤，因為第一年他要為新娘戴上花環，第二年新生的孩子要受洗禮，第三年的土壤卻要用來埋葬妻子和孩子。第四年……

（參考維基百科德文相關詞條）

那年夏天，當狗比較好

人與人之間的因緣真是很奇妙。

小豆的媽媽和高我一屆的大學學姊是室友，那時候大家都還很年輕，她們住在萬隆，一起分租了一層公寓，小豆的媽媽是美術系畢業的，平常教人家畫畫，有很長的一段時間，她是一個看到文字多於圖畫的書籍都要頭暈的人。她和喜歡啃大部頭書的我太太和我，卻成了要好的朋友。

在那個無拘無束的純真年代，小豆的媽媽好像一點都不在意婚姻。所以後來聽她突然說要結婚，我們都愣住了，很難想像少了好幾條筋的她，會把自己和另一個人用一紙證書（上面只有文字和印章、一面國旗，沒有任何圖畫）結為夫妻。而且還生出了小豆，居然當起了媽媽。媽媽是很棒的媽媽，可惜再婚的先生不是好先生，所以小豆的媽媽就用另一紙證書離開了小豆的爸爸。

小豆的精力旺盛，很會流汗，學習力強，而且耐走。

二〇〇六年初的舊曆年前夕，我們帶著他和其他幾個小朋友去迪化街。先搭捷運到中山站，出站後沿著南京西路經過重慶北路圓環，直奔迪化街口。在迪化街的人海中東漂西蕩了兩三個鐘頭，才背著、拎著大包小包的年貨，折進民生西路，一路向東，經過了捷運雙連站，轉中山北路，看到了國賓飯店，再轉長春路。在長春路上的一家粵菜餐廳，小豆媽媽的一個學素描的學生家長（也是我們的朋友）作東，在年終之際請老師吃飯。

我們當天徒步的行程，以中山站為起點，以餐廳為終點，光計算點與點之間的直線距離，大概有三點五公里，加上在年貨大街上來來回回，實際上走的路絕對超過四公里。而小豆一路跟著，沒有半句怨言，沒有「好累呀」、「我腳好痠」、「我走不動了」一類的話。要知道，那一年他還沒滿三歲呢（要到三月底）！他的「耐走」讓喜歡用腳旅行的我太太，大為歡喜。

那一天辦年貨，是我們和小豆的初次見面。在見面之前，小豆的媽媽還為了不讓我們「太挫折」，事先預告說，她帶小豆出門和朋友們一起，他常常是一整天下來一句話都不跟人家說的……

知道小豆能走，我們後來就有更多機會一起散步。同一年夏天，我們從西門町走到植物園，在植物園裡不知道又繞了幾圈。七月的盛暑，小豆和我們都走得大汗淋漓的，他突然若有所悟地說，「當狗比較好！」沒頭沒尾的，我們都不明白他的意思，問他為什麼，他回答，「狗都不會流汗！」他當然還不知道那是因為狗的汗腺只分布在少數幾個較隱密的地方，像是腳腿的內側和指爪間，他是直覺地觀察到了狗不流汗的本事。

那一天我們走了又走，又一塊吃晚飯，直到他媽媽下了課來接他，我們又一起走到南門市場他媽媽停放車子的地方。互道了晚安，我們就進了捷運站，一回到家卻馬上接到小豆媽媽打來的電話。她說我們走了以後，小豆在車上一直哭一直哭，說，「我好想阿姨、叔叔！媽，我們回去找他們好不好！」於是他們又折返回捷運站找我們，不過我們已經搭上車了。電話中聽到那麼深情地述說，我太太和我都打從心底一陣溫暖（夏天呢！），眼眶熱熱的。

也是那一年夏天，小豆的媽媽和爸爸不再住一起了。

他媽媽因為工作的關係，不可能全天候陪他，就想了幾種方法跟時間賽跑。有時候把小豆寄放在妹妹那邊，課前課後接送。有一陣子又把小豆託回給他爸爸帶。小豆的爸爸那時候回到前前妻的家，小豆叫爸爸的第一任妻子「大媽」。再後來，又演變成小豆的爸爸有空的時候來家裡陪他。但是偶爾小豆的媽媽教畫教到一半，就接到小豆的來電，抱怨爸爸都只會抽菸和睡覺。

小豆的爸爸是作木工的，多才多藝，會吹薩克斯風、小喇叭、橫笛、直笛、口琴……可惜工作只求八十分，很難滿足顧客的要求，因此總是怨歎時乖運蹇。小豆雖然表現出了音樂上的某種天分，他卻沒耐心教孩子。

也因為這樣，那個夏天我們有了幾次機會，在小豆的媽媽去教畫的時候和他獨處，或者帶他隨便走走逛逛，或者去拜訪朋友。每次媽媽送他來，小豆都不願意讓媽媽輕易離開，於是我們只好和他一起又陪媽媽走了一段、又一段。

小豆常常看起來悶悶的，但是真正玩開來了，又很容易興奮，興奮的時候嗓門特別大，有時候還不預警地冒出幾聲狂笑（狂叫？）。聽一個三歲半不到的孩子那樣狂笑，真叫人心頭一驚。他又不知道哪裡學來的招式，會用眼神瞪人。要他吃飯，他不吃，就用眼神直直地瞪著你，一點也不迴避。我們帶他到朋友家，他一個人窩在朋友小孩的房間裡玩玩具，遺世獨立，連吃飯都不顧。但他又和來我們家作客的朋友女兒玩得渾然忘我，要他們擁抱著照張相，他用力地抱過了頭。老實說，他或者搭理人，或者不搭理人，搭理什麼人，不搭理什麼人，什麼時候搭理人，什麼時候不搭理人，我完全沒頭緒。

那年夏天到了後來，小豆的媽媽實在無法兼顧了，就商量讓他到屏東和阿姨住兩個月。臨走的一刻，小豆抱著媽媽不肯放，媽媽只好對他說，這樣媽媽賺不到錢，賺不到錢，就付不起房子的貸款，他們就沒房子住，以後就要睡馬路了。這點邏輯，小豆當然懂。

在屏東，小豆每天起床就打電話給媽媽，每次都同樣哭著說，「媽，我很想妳。」媽媽忍住了哭，但還是只能告訴他，「媽媽必須工作。」等存了一點錢，媽媽訂了一台扭扭車託宅急便送到屏東。隔天早上，小豆例行打電話給媽媽，說「媽媽，我好想妳，妳來接我好不好？」

媽媽回答小豆，「台北到屏東太遠了，沒辦法去接你，而且媽媽每天都還要上班，不能陪你。」

小豆就說，「那妳叫宅急便把我寄回去。」

小豆一直都很重感情。他有一台插卡式的兒童學習電腦，後來沒用了，媽媽五十元賣給了舊貨商。小豆哭著說，那台電腦陪他一起長大吔！他常用的一只馬克杯摔破了，他也心疼地痛哭失聲（別的破了倒沒事）。

去年初，小豆養了兩隻黃金鼠，每天餵食，盡心地照料。沒想到買回來沒多久，其中一隻竟然把另一隻的肚腸咬破，他和媽媽趕緊用蘆薈替受傷的小老鼠包敷傷口，但最後還是沒能救回來。剩下的那隻凶手皮皮，小豆也不怪牠，對牠還是很好，到樓下社區遊樂場玩耍的時候，也會帶著牠。誰知道天網恢恢，有一次和鄰居的胖姊姊一起玩，胖姊姊從溜滑梯上急速滑溜下來，正好一屁股坐在皮皮身上，壓得扁扁的，當場慘死。他前後不到兩個月的養鼠生涯，就這樣換來了兩次傷心欲絕。他一整天哭他的皮皮，一邊哭就一邊拿起筆，在四開大小的畫紙上，畫了一個小人兒，旁邊一隻小皮皮。

小豆常常畫他們住的社區，比肩而立的高樓大廈、高大的路燈、高大的山、高大的樹，他畫台北車站前的新光三越，也是從天畫到地，布滿了整張畫紙。只有那一張黃金鼠皮皮，被他畫得小小的，一個小小的人，加上一隻小小的老鼠，而且只有輪廓，兩道悲傷的輪廓。

小豆的媽媽雖然是學畫畫的，但她並沒有從小就教小豆繪畫的技巧，都只是給他一本空白畫紙，讓他愛畫什麼就畫什麼。小豆午睡醒來，就一個人安安靜靜地在客廳的地上畫畫，想到什麼畫什麼，從來不問媽媽。只有一次，他實在沒概念外星人應該長什麼樣子，就讓媽媽給他畫了一張外星人（想當然是頭大大的、肚子也大大的，小豆說好醜）。他說以後要當科學家，要坐太空梭去尋找外星人，所以要知道外星人的長相。

小豆畫人的時候，也會畫出肚臍和ㄋㄟㄋㄟ，看不到肚臍和ㄋㄟㄋㄟ的話，他就會給身體畫出衣服。他畫的衣服就像透視一樣，像一個人的身體表面浮貼著一層透明的皮。他畫了好多自己穿著內褲的自畫像。

媽媽因為經痛不舒服，他會體貼地倒水給媽媽喝，問為什麼肚子會流血？媽媽試著跟他解釋，他很小的時候也住在「子宮」裡面，如果媽媽沒生小Baby的話，那麼裡面的「蛋蛋」就會破掉，就會流血。他聽明白了以後，就畫了一張圖：站著的媽媽的肚子裡站著一個小豆。

小豆的媽媽自己不愛看書（我有時候會笑她講不出幾個成語），但是卻很早就教他識字，開車的時候教他認號誌，車子停下來等紅綠燈，就教他認路旁招牌上的單字，從「大」、「中」、「小」那麼簡單的開始。他就這樣常常跟著媽媽開車去上課，媽媽教畫畫，他也學認字。沒想到後來字認得多了，也能夠自己看書。別的小孩子幼稚園還學不會ㄅㄆㄇㄈ，他沒上過幾天幼稚園，好多複雜的難字居然無師自通。他還懂得善用有邊讀邊。有一次她媽媽開車，要他幫忙拿個東西，他順口應說，「小事一春。」他媽媽聽得一頭霧水，「小事一春？」

「小事一春！」

後來弄懂了，原來他說的是，沒問題，「小事一樁！」

小豆上幼稚園，還是我們苦口婆心力勸他媽媽，拖了一年才終於辦成。因為小豆不上幼稚園，他媽媽就不得「解脫」，她沒有時間創作、沒有時間作自己的事、沒有時間整理教材出版。而且小豆也需要和同年齡的孩子一起玩、一起成長。

幼稚園最後是登記了，辦了入學手續，也帶他去上課，只是沒有能維持多久。因為他媽媽的繪畫課大多排在晚上，小豆放學回來沒人帶，她只好把他帶上路。她教畫的時候，小豆就乖乖地坐在畫室裡，等媽媽上完課，他們才又一起回家。但這樣一來，小豆就不可能準時上床，常常要搞到半夜，等事情都忙完了，兩個人才能就寢。

結果是，到了早上，別說小豆起不來，連媽媽也起不來，幼稚園的課就一次兩次給耽誤了下來，最後索性不去了。幼稚園老師人很好，他注意到小豆雖然「蹺課」慣了，但是學習方面還追得上進度，老師在留言簿上細心地寫說，「雖然小豆偶爾缺席，還是希望家長儘可能帶他來上學。」小豆的媽媽尷尬地對我們說，「起不來呀！」好像幼稚園是我們開的似地。

在畫室裡，小豆真的很乖，一個人坐在旁邊，一動也不動。他記得很牢，如果他吵鬧的話，媽媽教不下去了，會沒工作。只有一次，因為畫室裡的冷氣實在太強，一個多小時之後凍得他終於彆不住了，才脫口說出，「媽，我好冷！」

他們母子兩個人因為經常一起開車，他媽媽又是一個粗線條的人，時不時就被警察攔下來問話。有一次開車，小豆突然說他要講故事（那是他生平自己編的第一個故事，也是三歲那年夏天的事），故事很簡單，也很深刻。「有一個壞人被警察抓了，這個壞人就打電話叫另一個警察把那個抓他的警察抓起來。」

更早之前，小豆兩歲多的時候，媽媽教他唱「哥哥爸爸真偉大」，但是他們始終沒弄清楚那首歌的歌名到底叫什麼。於是有一天小豆就在車上對媽媽說，「媽，妳再唱一遍那首『哥哥爸爸真偉大，名譽照我家，為國去打仗，當兵笑哈哈，走吧走吧哥哥爸爸，家事不用你牽掛，只要我長大，只要我長大。＊』好不好？」他把整首歌從頭到尾唱了一遍。

剛認識小豆的時候，我們問他，「你叫『小豆』，一定很愛吃豆子，對不對？」小豆點點頭。問他最喜歡吃什麼豆子？他說是「紅豆」。為什麼？「因為它是紅色的。」這個喜歡紅色，也喜歡吃豆子的小豆，卻長著一張白皙的瓜子臉，而且常常突如其來丟出一個想法，教人措手不及。

比方說我們去中正紀念堂，在水池邊看見榕樹的氣根，他就問說，「用手抓榕樹的氣根，他會不會痛？」可能會吧？那個氣根長得像極了老公公的鬍鬚，抓老公公的鬍鬚，他會不會痛？雖然對榕樹來說，痛的感覺和人的感覺肯定不一樣。

他看見媽媽給盆栽澆水，也問，「樹沒有嘴巴，怎麼喝水？」人是張開口，用嘴巴喝，樹沒有嘴巴，怎麼喝水？是啊，如果說人是用「喝」的話，那麼樹應該是「吸」水呢？還是「舔」水？

那一次他要媽媽給他畫外星人，後來我和他媽媽通電話，他就在旁邊說要問叔叔，「外星人有沒有家？」

「叔叔，外星人有沒有家？」聽他的聲音真的是很迷惑。

外星人有沒有家？我沒回答，反而問他，「你說有沒有外星人？」

「有啊！」他很肯定。因為他媽媽的教友篤信創造論，而且把上帝的創

造也擴大到宇宙其它地方。

「『如果』有外星人，『那麼』就有外星人的家。」

「喔！」我不太清楚他清楚我的意思了嗎？

所以我又重複了一遍，「如果有外星人，外星人當然住在『外星』，『外星』就是外星人的家。」

「喔！所以外星人也有家。」

小豆說對了。只是我直到現在都還在想，當他問，「外星人有沒有『家』？」他的意思是指相對於「地球」，外星人居住的某一顆「星球」；還是相對於「地球人」，外星人在他們自己的星球上大家共同生活的「家」，就像他和媽媽的家一樣？無論如何，他有一天會自己弄明白的，因為他說要去尋找外星人，如果他們沒有先一步找上他的話。

我太太和每一個小孩子玩「三個數字加起來等於十」的算術遊戲，她發現有些人很難理解「三個數字加起來」這個概念。要孩子們計算四加六、三加七、五加五等於十，沒有人會遲疑，但是把六再拆開成兩個三，變了四加三加三等於十，有些小孩子就明顯遇到了困難。有些人要側著頭想很久很久，有些人搬出十根手指頭一根一根慢慢清點，有些人則根本答不出來。但是小豆幾乎一聽完例子和解釋，就馬上說出「1+2+7=10」。

我一直以為自己的反應夠快，但是和小豆一起玩「跑跑卡丁車」（一種電腦網路賽車遊戲），我才完全意識到，那不是給我這種年紀的人玩的東西。螢幕上全部是圖象和日文，對他一點都不是障礙，他東點點西點點，又快又準確地就掌握了遊戲的技術，而且和不知名的網友大賽特賽，一路衝鋒。

小豆和媽媽相依為命。

媽媽從小就讓他幫忙做家事，媽媽示範切菜，他看著慢慢學。切小黃瓜的時候，他一邊切，一邊覺得奇怪，「明明是『小綠瓜』，為什麼說『小黃瓜』？」

新店山區的房子，門窗開關有時候難免竄進來蚊子，媽媽就說，打死一隻蚊子就投一元到他的「豬公」，給他當零用錢。他跑過去抱著「豬公」給媽媽看，「明明是『貓公』，為什麼說是『豬公』？」（後來又成了「馬公」。）

媽媽煮好了飯菜，先去忙別的事，準備出門，他會幫媽媽裝便當。

媽媽開車總是忘了帶著社區地下停車場閘門的遙控器。她就把車停在入口處，不慌不忙地降下車窗，這時候小豆（社區的人戲稱他「副總幹事」）

就把頭往前伸，臉儘可能靠近車窗，然後猛然地爆出一聲：「請開門！謝謝！」聲音清脆而高亢。他發聲完畢，又坐回座位上。

神奇的事情發生了。那扇捲門，就像「阿里巴巴和四十大盜」故事中描述的一樣，隨著小豆咒語般的聲音，緩緩地開啟了……

＊這首兒歌的歌名是〈只要我長大〉，詞曲作者是白景山，全部的歌詞有四段：

哥哥爸爸真偉大，名譽照我家，為國去打仗，當兵笑哈哈，走吧走吧哥哥爸爸，家事不用你牽掛，只要我長大，只要我長大。

叔叔伯伯真偉大，榮光滿天下，救國去打仗，壯志賽奔馬，走吧走吧叔叔伯伯，我也挺身去參加，只要我長大，只要我長大。

街坊鄰家真偉大，造福給大家，奮勇去殺敵，生死全不怕，幹吧幹吧街坊鄰家，我也要把敵人殺，只要我長大，只要我長大。

革命軍人真偉大，四海把名誇，拚命去殺敵，犧牲為國家，殺吧殺吧革命軍呀，我也要把奸匪殺，只要我長大，只要我長大。

白景山，畢業於吉林師範大學音樂系、後隨海軍來台，曾經在靜修女中兼課。他譯寫過瀧廉太郎（日本明治時期的代表性音樂家，〈荒城之月〉的作曲者）的名曲〈花〉的中文歌詞，也為台南高商的校歌譜曲。民國三十九年，白景山以〈只要我長大〉獲得中華文藝獎金委員會舉辦的愛國歌曲徵曲比賽第一名，作品收錄於《新選歌謠》第六期(1952)。

（參考台灣大百科全書網路版相關詞條，撰稿者蔡素卿；銘傳校刊網路版）

天上的星星會說話

那一年朋友從台北打了國際長途電話到德國蔚慈堡，沒說上幾句話，我不知道怎麼就開口問他，「你們有第三個了？」一點也沒錯，小傢伙還在媽媽肚子裡，他爸爸先來問名字了。對爸爸媽媽來說，堯堯真的不是預期中的，不過他選擇了他們，應該有他的道理。

在堯堯四歲以前，我一定會說他實在選錯了人家，生作老三，上面有兩個伶牙俐齒的姊姊。兩個姊姊不僅會說話、愛說話，而且長得漂亮，天生一身黑皮膚，注定是高挑瘦長的身材，怎麼看都像有腦袋的美少女。偏偏堯堯生來腿短，扁扁的一張臉上平放著單眼皮眼睛、塌鼻子和小嘴巴。也許正因為不夠俊，所以常常被呼作「小可愛」，尤其兩個姊姊單單愛稱讚他的屁股雪白粉嫩，吹彈得破，可惜長在了那個位置上。

四歲以前的堯堯始終生活在姊姊們的陰影下。他嗯嗯啊啊地話才說出幾個字，姊姊就什麼都明白了，三兩下接著替他說完。四歲以前的他根本沒機會自己說一句完整的話，他只剩下單字的能力，外加一個強而有力的主詞。不過也許他還滿享受這種特殊待遇吧，因為他終歸總是能得到他根本沒表達出口的欲望。而如果不幸沒人聽懂他的話，也沒關係，他只要把臉一橫，拉高音調就行了，反正大家都知道他不太會說話。

這個不太會說話的孩子倒是天生一個大力士，愛以百米賽跑的全速衝向你的小腹，然後掄起兩支鼓棒似的手和拳頭，在你的肚皮上擂動起來。有時候乾脆用一顆頭，不帶眼睛，猛地朝向著人發射出去……只要你躲得開，他就會撞上牆壁。這個小力士直到四歲已經長成方頭大耳，大腿結實得像印度象，身體像河馬，水牛一樣的脾氣，可是出門逛街還得為他帶上娃娃車，因為他一累誰也難抱得動，而他又常常賴說他累了走不動。

他唯一安靜下來的時刻是在爸爸的車上，坐在自己專屬的安全座。安全座就像他的寶座，他知道坐在上面是一種特權，而因為要刻意維護自己的特權，他很有節制地不發一言，在他的寶座上君臨一家子人，只偶爾透過玻璃窗睥睨窗外紛紛攘攘的世界，「這些芸芸眾生，有什麼好忙的呢？」

我很擔心堯堯的語言能力，擔心萬一他進了幼稚園話還不能說清楚，怕要吃虧。擔心老師不像他兩個姊姊的善解人意，擔心幼稚園同學們沒有人肯讓他，他話再說得七零八落的，一定被當作智障。那他的一生就毀了。於是在他上小班之前，家人強力約束姊姊不要搶話，讓他慢慢學著把一句話說完。沒有用，他已經習慣了在家裡的模式。就這樣，堯堯進了幼稚園。

沒多久我就從他媽媽那裡聽到了「壞消息」，但不是對他而言，而是對老師而言，也許也是對整個幼稚園中同一個小班的所有同學而言吧。他老是在老師上課的時候說不停，愛和隔壁的同學「聊天」，全然無視於老師的存在和尊嚴，老師因此必須一而再、再而三地「提醒」他，最後甚至被迫要請他出去，到別間教室裡罰站。那個在家裡沒機會開口說話的孩子，終於逮到了機會，把他幾年來跟隨姊姊們聽來的百般辭彙，一股腦兒全部傾吐出來。

完完全全出人意外的發展。

我是直到他初識純平的時候，才領教了他的厲害。從台大踢了足球、吃完飯回來，我們搭純平爸爸的便車，堯堯堅持要和純平同車，一付哥倆好的樣子，忘了剛才踢球的時候為了搶球的一段不愉快。車子繞出辛亥路，他就開始介紹起路邊的大樓外牆鷹架，說那是為了安全而造的。經過愛國西

路小南門捷運站附近的時候，他看著車窗外進行了一半的愛國西路路橋拆除工程，說他知道，那是捷運空氣調節的排放口。迎面看到中華路口上的「家樂福」大幅看板，他說他逛過很多次，家裡要用的東西裡面都有。補充一句，堯堯的爸爸婚前曾經是捷運局中工處的工程師。再補充一句，每次開車等紅燈，總有人沿著車龍散發建築DM，他爸爸一定降下車窗拿一份，順手遞給堯堯。除了那些豪宅大戶，堯堯也十分專注於DM上的美女，有一段時間他甚至養成了蒐集廣告美女的習慣。

從那時候起，他就開始展露各種驚人的記憶力。他記得我在車上給他們隨口編出來的故事，說到哪裡還沒說完。他記得是我太太，而不是我，說過要買什麼東西給他。他記得自己的生日還有多久就要到了（雖然他不知道那多久究竟意味著多久），因此不斷地暗示大家，說去年阿公給他買的東西有多棒。他也記得上次你對他不好，那他這次絕對不會主動示好。

除了記性好，他也表現出應有的判斷力。他逐漸揣摩出人群裡誰才是說了算數的人，他知道自己「應該」對那個人適時地表示親近。他以前幾乎都不開口叫我太太「伯母」的，直到有一次他親眼看見「這個」伯母把包裝精美的禮物送給了姊姊。於是下一次他來我們家，才進門就衝著我太太慇懃地叫「伯母」，還跑過去抱抱。不過那一次我們可沒有準備什麼禮物給他。

他雖然在家裡會說話了，但是行事依然粗魯，雖然擁有發言權，不過他並沒有打算放棄身為小霸王的利益，他顯然還沒準備好「轉型」。於是我們偶爾就還聽到他動手動腳，搥姊姊的頭、抓姊姊的頭髮、打姊姊的肚子等等情事。

有一回我們驅車上山，走環河快速道路北上，大家閒談著檳榔西施的笑話，我突然想到他的劣行，於是沉沉靜靜地說了他一頓，其他人都聽了一樣當笑話，只有我知道他聽進去了。我從前座回過頭望著他，「堯，你聽到伯說的話了。」他的眼睛黑白分明。他現在知道誰才是老大，而且永遠會記清楚這件事。

兩個姊姊雖然愛護他，但因為也都還小，沒本事賺錢，不太能夠給他什麼實質上的利益。關於這一點他是心知肚明的。去年他生日的前半年開始，他已經心裡盤算著爸爸要送他的變形金剛，三天兩頭都要提一遍。他爸爸就拿住這個，趁機約束他這個那個，他也不在乎。他還說要爸爸以後給他買法拉利跑車。

「法拉利？那我們要賣房子了！」

「不要賣房子！賣房子會沒地方睡覺。」

「不買法拉利就不用賣房子。」

「那可以把二姊賣掉！」

把二姊賣掉，不是因為二姊值錢，他根本不曉得法拉利多少錢，而是因為在他心目中二姊是家裡「最沒價值」的，只會念書。大姊和他一樣都不會念書，但是大姊很會畫畫，又常常口頭上掛著「堯，你好可愛，大姊好愛你」，或者反過來，故意說「大姊不愛你了」，老是用這一招來收編他的心、吊他的胃口。堯堯總是照單全收，他自覺和大姊比較投緣。

「爸爸不會賣掉二姊的。」爸爸很乾脆地回答他。

堯堯更乾脆，沒有半點猶豫，好像一切都理所當然，「那就把大姊賣掉。」

「爸爸也不會賣大姊的。」然後爸爸和媽媽故意商量著說，「把你賣掉好了，這樣我們就不需要買法拉利了。」

堯堯一聽，一陣傷心上來，淚水瞬間盈滿了眼眶，哇地一聲大哭了出來。

最後，一家五口人你一嘴我一嘴地作成了結論，「爸爸要努力工作！」堯堯非常滿意。

我給堯堯的兩個姊姊和筠翔講《說文解字》，這是我諸多兒童教育實驗的其中一項。我太太突然建議，為什麼不讓堯堯也一起來聽呢？他剛學認字，記憶力又好，反正試試看沒什麼損失。雖然這麼說，為了防止他耐不住性子，中途起變，壞了大家的興致，我就和他事前約定，一定把課聽完了才能結束，不可以中間不學了。他是因為不甘寂寞，每一次我們帶他姊姊們玩耍都沒他的份，這一次難得邀他共襄盛舉，內心應該有幾分感動吧。他用力地點點頭，表情認真。我可以感覺到他對我的這次教育實驗的肯定。

那一次只講「春夏秋冬」四個字，講這四個字的造字本義和它們的篆文字形，我用白板筆在白板上一次寫一個大字，讓他們跟著學寫。他連筆都還拿不順，居然也畫符一樣地把幾個篆文七拼八湊出來。我太太又拿出毛筆，讓他們練習，硬筆和毛筆在他手中差別其實不大。

我看他獨愛「春」字，因為他雖然也學寫了其它的字，但最終還是單練一個「春」字，從小字到超大字，不厭不倦地寫了十幾遍（那個篆文的「春」他記得死牢，幾個禮拜以後，他還能向媽媽展示疏落有致的筆法）。這孩子的定力在他兩個姊姊之上。

我把這個發現告訴堯堯的爸媽，他媽媽才說，只要給他講故事，他馬上安靜下來，一遍講完了，還要從頭聽一遍。姊姊們因為沒耐性一遍又一遍為他讀那些簡單的情節，所以有時候他只好一個人翻看著書，實在翻不下去了，脾氣就上來，哭說姊姊們都不念書給他聽。我知道他是心急。每個人都認識字，就算大姊那樣不喜歡讀書，多少還是看得懂，不像他，文盲一個（他當然不知道什麼是文盲），只能看圖，雖然故事都背下來了，還是只能看圖。他可以一頁一頁翻著圖告訴你書裡面的故事，但是他心裡明白，他不認得字。

堯堯的媽媽原本還不同意幼稚園太早就教認字，聽了我們的建議，才開始給他讀兒童百科全書，先讀給他聽，以後也順便教他認幾個字。他爸爸愛看Discovery Channel，邊看邊給他講解，講火箭講造橋。我們約了去山上看流星雨，我就在車上給他講流星雨的成因。

我知道他是心急的。這是他和這個世界的比賽，誰懂得多，大家都會聽他的。他和我們在一起的時候，只有吃喝拉撒的份，大家聊開了，只有他一個人被排除在外。他既聽不懂我們說的話題，也聽不懂為什麼大家都哈哈大笑，於是他只好選在我們講得最起勁的時候出狀況，例如把電腦椅子推過來又推過去，把吉他當成打擊樂器，站到沙發的扶手上伸手勉強要拿書架上的小飾品，把斟滿果汁的杯子無聲無息地移到

桌子的邊緣，諸如此類教人頭皮發麻的惡作劇。他也會在我們下五子棋的關鍵時刻，不小心跌倒，一隻腳正踩在你就要落子的地方。

我知道他是心急的，這世界每個人都在玩他們自己的，只有他落單了。不過他壞了我的棋局，還是要換來一頓罰站。二姊說，「可憐的堯。」

他罰站在牆邊，面對著門，不時把頭轉向餐桌旁的我們。「可憐的堯」，我太太說。

一年以前，當堯堯還只有四歲多的時候，有一次他爸爸來我家裡寫字，我們全部的人都在客廳聊天吃零食，堯堯也和姊姊們玩玩具，就他爸爸一個人關在工作室寫「曹全碑」。當一張半開的宣紙上寫滿了六十四個字，堯堯爸爸出關了，全部的人一哄湧進工作室參觀，指指點點。姊姊們鬧著要寫，堯堯也鬧著要寫，於是你一筆我一畫，塗得不亦樂乎。等到紙上再也沒多少空間了，每個人都奮力搶奪最後的留白處，率先下筆，什麼運筆中鋒當然管不上了，只要能蘸墨先把紙塗黑就算數。

堯堯手短搶不過姊姊，但是嘴巴饒不過她們。他一邊畫一邊開口罵人。

「二姊豬頭。」

「你才豬頭。」二姊沒停筆，直接反擊。

「妳大便。」堯堯找到了他的新戰場。

「你白癡啊。」

「妳蟑螂。」

「你老鼠。」

「妳垃圾。」

「你才是垃圾。」

「妳有香港腳。」

「你腦袋有問題。」

「妳肚子有蟲。」

「你才有蟲。」

「妳禿頭。」堯堯說到二姊的痛處了，因為每個人都覺得她的頭髮確實比較稀疏。

「你矮冬瓜。」二姊生氣了。

「妳吃大便。」堯堯不放過她。

二姊逮到機會了，大叫堯堯說髒話。

堯堯還沒饒她呢，繼續說，「妳臉上有一隻馬陸。」

「堯堯你好噁心。」大姊皺起了鼻子說話了。

「蜘蛛爬到大姊的鼻子。」堯堯還沒停，他臉上露出了得意的勝利表情，手裡拿著毛筆。

「大姊沒有雞雞！」「我是蝙蝠俠！」「妳大便好臭！」「我贏了！」

不用說，堯堯的好勝心是極其旺盛的。

別人有的，他也要有，如果他沒有，他也不想別人有。他看姊姊買新書，他也要買，不過媽媽說他看姊姊以前訂的《巧連智》就好了。他不甘心，一定要買新的。新的《巧連智》寄到了，姊姊笑他內容還不是一樣是舊的，他一句話不說。

他的好勝心有一次真的嚇壞了我們。那天我們帶著小朋友逛完美術館，我先和幾個小的出去外面廣場上玩，大家比賽折返跑，他和純平同年，所以編在同一組。去程的時候純平微微領先，摸到牆壁折返回來，堯堯還沒摸到牆壁馬上也跟著返身跑回來，一邊跑還伸出一隻手攔在純平的前面，作出妨礙比賽的動作，表情十分認真。

我們在車上猜謎語，我太太出了兩道題目：「好人好事代表」和「千秋萬世平平安安」，各打台灣地名一處，都讓我答對了。我出了一道：「白種人」猜一個字，這次換我太太答對了。兩個姊姊因為都沒份，鬧著說「再出」、「再出」，堯堯就說他也有一個謎語讓我們猜：「有一種魚，叫什麼名字？」

「猜什麼？」二姊問。

「猜是什麼魚！」堯堯說。

每個人都笑他。他自己更得意，笑得最大聲。

是大肚魚。我一猜就猜對了。不過這下子換我被笑了，因為我的程度和堯堯不相上下。

正是這個堯堯，而不是別人，讓我想起了「小王子」。

在《小王子》一開頭，聖艾修伯里(Antoine de Saint-Exupery*)展示了他用色筆畫出來的「第一號作品」。當六歲的聖艾修伯里把他的傑作拿給大人看，問他們會不會被那幅畫嚇倒時，大人們卻回答：「嚇倒？誰會被一頂帽子嚇倒？」於是我們才有機會見到他特地為大人所繪製的「第二號作品」（即第一號作品的內部透視圖）。

我第一次讀聖艾修伯里的《小王子》，已經是大學生了，那一年我二十歲。真遺憾，當時沒有人事前告訴我，先別看文字敘述，而且還要注意不能瞄到第二號作品。這樣，我就能知道，自己是不是也會像書裡面所描寫的那樣，作出一個大人應該有的反應。

我很好奇，於是有一天我把法文版的《小王子》拿給堯堯看，翻到那幅「真像是」茶褐色呢帽的「第一號作品」那一頁。

「怎麼樣？」我學著裡面的話問他，「有沒有被嚇到？」

他搖搖頭。然後把頭歪著一直轉，最後顛倒地看著那張「第一號作品」。一句話都沒說。

「你沒有嚇到？」我又追問了一次。

他又一次搖搖頭。

「那你說這是什麼？」

「好像船，像一隻奇怪的船。」然後他又補充說，「也像海豚。」

我把第二號作品也翻給他看，「是大象吔」，說完他就對那兩張畫一點也不感興趣了。堯堯去年底剛滿六歲，和當年畫出第一號作品的小聖艾修伯里差不多大。夏天以後他就要進小學了。也許很快他就可以自己讀《小王子》，那時候他還會記得我們的對話嗎？他會看著那頂像船又像海豚的呢帽發呆，「什麼樣的人能一眼看出來那是一條大蟒蛇吞食了一隻大象呢？」真可怕。

我相信一定有人曾經這麼說過，「小孩子是天上掉下來的星星。」不過小孩子可不是沒頭沒腦也沒來由地就從天上直接掉下來。他們每天都在夜空裡，透過小小的氣孔，眨著眼睛，視線穿透一切，看著地球上的爸爸媽媽們努力地要把他們變出來。而他們總是在你意想不到的時候，化作一道看不見的光……。他們根本不在乎爸爸媽媽們是不是作好了準備。

所以說，沒錯，是孩子選擇了你。

* 聖艾修伯里，1900年6月29日出生於法國里昂，飛行員、作家。二次世界大戰期間，聖艾修伯里先是在1941年移居美國紐約，住在中央公園附近的一間閣樓公寓裡，後來他希望在紐約市區外尋找可以安靜寫作的地方，才選擇了長島北岸具有維多利亞風格的「貝芬之屋」(The Bevin House)。1942年的秋冬之際，聖艾修伯里在紐約長島的貝芬之屋完成了老少咸宜的《小王子》，1943年在紐約出版。1944年7月31日，在他四十四歲生日之後一個月又雨天，他受命和其他飛行員出一趟任務，到法國南部隆河(Rhône)谷地　帶蒐集德軍資訊，當天傍晚他

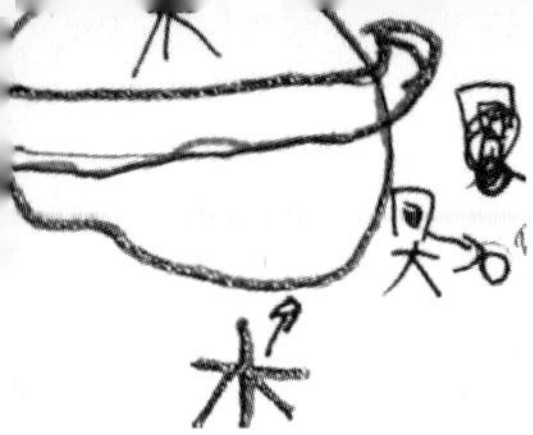

從科西嘉島(Corse)的基地起飛，駕駛著一架P-38閃電式戰鬥機（P-38 Lightning；嚴格說起來，聖艾修伯里所駕駛的飛機，其實是由P-38J型飛機改裝的沒有配備武器的F-5B偵察機）。然而，他卻從此再也沒有返航。

雖然說是和同伴們一齊出勤，但由於F-5系列通常都是單機執行任務，所以事實上等同於各機獨立作業，因此一旦失事了，很難被找回來。聖艾修伯里是在1944年7月31日的傍晚起飛，8月1日的中午，就有人報稱在法國南部地中海沿岸城市圖倫(Toulon)外海，目睹一架飛機墜毀，幾天之後並且找到了一具無法辨識的屍體。9月，這具無名屍被葬在圖倫附近的Carqueiranne。

事隔五十四年，1998年，一位漁夫發現了一枚銀質臂盔，上面標示有聖艾修伯里、他的妻子(Consuelo)和他的出版商(Reynal & Hitchcock)的名字，可能原來是掛在他飛行裝上的。又過了兩年，一個潛水員在馬賽附近的海底發現一架P-38 Lightning的殘骸。2003年10月，這堆飛機殘骸被挖了出來。2004年4月7日，法國的海底考古學家確認了那是聖艾修伯里失蹤時所駕駛的「那架」F-5B偵察機。根據當時的調查報告，從有限的飛機殘骸來看，並沒有任何足以顯示被砲擊的痕跡。飛機殘骸和那枚銀質臂盔的發現地點，距離那具無從辨識的屍體才八十公里，很有可能屍體是被潮流漂走的，不過沒有人能完全肯定。

2008年3月，八十五歲的前德軍戰鬥機飛行員Horst Rippert透露消息給馬賽的報社，說他1944年7月31日在聖艾修伯里飛機殘骸被發現的海

域附近擊落了一架P-38 Lightning。Ripper說他當時在地中海上執行偵察任務，注意到一架標有法國徽章的P-38尾隨著他，於是開火把它擊落海中。Ripper戰後當了電視記者，後來成為德國ZDF電台體育部門主管，Ripper說他愈來愈相信，是他擊落了聖艾修伯里——他年輕的時候讀過他的書，他是他最喜愛的作家之一——的飛機。同樣地，也沒有人能肯定那是不是事實。

最新的研究則顯示，聖艾修伯里應該不是被德軍擊落的。根據德國官方的軍事檔案記錄，當年7月30日確實有人擊落了一架美國閃電式戰鬥機，但是檔案中卻沒有關於7月31日如Ripper所陳述的那次捷報。

聖艾修伯里的健康狀況似乎不太好，他也曾經多次苦於憂鬱，因為健康問題他甚至還引生了離職的念頭。有人因此懷疑，1944年7月31日的飛機失事也許根本不能說是一次真正的「失事」或戰鬥失利，而有可能是出於自殺。

（參考維基百科英、德、法文相關詞條）

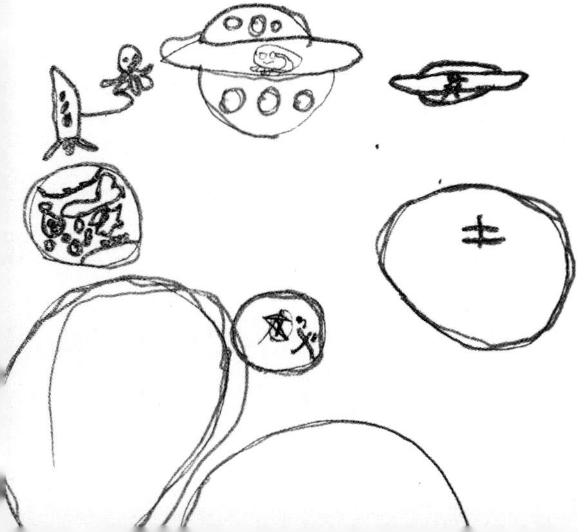

可是 我還是小孩子啊

純平從小就是在多語的環境中成長，他和爸爸說國語，和媽媽說日語，而爸爸和媽媽則主要用英語溝通。也許是因為這樣，我總感覺中文是他的知性語言，是日常生活的語言，也是他獲取資訊的主要媒介；相對地，日文則是他的感性語言，是他抒發情感和情緒的窗口，因為他只有在和媽媽用日語對話的時候，才會直接地表現出撒嬌和生氣。不過他的撒嬌和生氣都很有節制。

純平的生活作息非常規律，和我們在德國看到的小孩子一樣，一到了晚上七、八點過後，就自動想上床睡覺，這和台灣的孩子常常「陪著」他們的爸爸媽媽東摸摸西摸摸地不肯睡，完全不一樣。我們始終不能理解，為什麼在台灣，大人們要孩子們上床總是要費盡千辛萬苦，而對小孩子來說，「那麼早」就要他上床也簡直像極了剝奪他的什麼樂趣似的。所以純平的早睡習慣讓我們大為欣賞，我們都覺得，他有節制的脾氣和從小養成的規律作息有密切關聯。

只有在他們到我們家作客，或者我們到他們家拜訪，或者我們大家一起出門玩耍，才難免「誤點」，他爸爸媽媽也不掃他的興，於是純平就會「撐下去」，直到他的體力終於難以為繼。這種「破例」的事情，因為我們而偶爾發生。但有時候實在是「時間到了」，而他的玩興和玩心卻還來不及平息下來，於是他就不免鬧點小小脾氣。這個時候純平的媽媽就用日語半是訓誡半是安撫地哄他，純平也確實很快就安靜下來，而且習慣性地把左手食指和中指放進嘴巴裡。他要睡覺了。

他和媽媽還有我們一起去建國花市，他明明一點都不感興趣（只有看到「全自動澆花灌溉」的玻璃箱中噴灑出水來的時候，他好奇地湊近看了又看），但還是陪我們逛了一整圈。直到看他快不行了，他媽媽就拿糖給他吃，問他要幾顆，他臉抬得高高的，滿心期待的樣子，用右手比了個「二」。他從媽媽的手中接過了兩顆糖，開心地又繼續陪我們走下去。

我們去北投貴仔坑，我用園藝用的噴霧器做了兩支水槍，裝水的時候他也沒有急切到打開水龍頭亂灌一通，濺得衣服鞋子都是水。調整好出水量的話，那兩支水槍的射程足足有十公尺之遠，夠我們玩上幾個小時也不會厭倦。

我們去中正紀念堂踢足球，兩廳院之間的廣場剛好有創意市集，繞了一圈下來，我們停在一個賣錫製機器人的攤位前面。擺設攤位的大姊姊好心地為我們介紹，她旋轉發條，讓機器人在桌上動了起來，機器人頭上的天線圈也是一邊走一邊轉。純平手裡抱著球，眼睛一眨也不眨地盯著機器人看，我猜他心裡一定在說「すごい！」（太厲害了！）但他一句話都沒說，也沒有一付打算賴在那裡不走人的意思。他比那個大姊姊和我都還要鎮定。

純平吃東西，即便是喜歡吃的，也是吃夠了就夠了，不會貪多。你聽他說，「我吃飽了。」那就真的是飽了。但是偶爾他也會因為和其他小朋友玩得不亦樂乎，而匆匆吃幾口就提前說飽了。對於他不熟悉或者不熟練吃的食物（像有些魚），他多少有幾分保留，但是只要你跟他說這吃了眼力會變好、算術會變好……他也樂於嘗試，一邊吃還一邊轉而告訴我們，「吃這個會變聰明哦！」他覺得麥當勞的薯條比摩斯漢堡的好吃，但他最喜歡的食物一直都沒變，是他媽媽做的滷肉飯。

純平好像不太會處理開始和結束。每次我們見面的時候，他都顯得有幾分靦腆。但是幾分鐘的靦腆過了，就完全正常了，直到他爸爸媽媽發出了「今天到此為止」的訊息。分手對他而言好像特別難，他雖然依依不捨，但只要媽媽說「不可以」，他也不太抗拒。

有一次在我們家玩「爬杆」（釘在牆上讓小孩子可以爬高走低的一組橫杆），因為雙手懸吊的時候多少會摩擦手掌，所以他戴了我太太平常用的一雙露指的手套，手套在掌心的地方還設計了防滑的顆粒。純平戴起手套爬起杆來，上上下下好不得意，幾乎摸到了天花板，那一天他就一直戴著手套沒脫。臨回家之前，爸爸媽媽要他還阿姨，我太太看他喜歡就說送他戴回家沒關係，他媽媽說「不可以這樣」，純平看著手套，看著我們，用日語對著他媽媽爭取了一番，不過媽媽還是堅持「不可以」。當場純平的眼淚就噗凸一聲滾了下來，然後委屈地說，「可是我的手好冷！」

純平每年都和媽媽回日本橫濱看阿公阿嬤，老人家非常疼愛這個台灣外孫，純平也非常喜歡日本。滿四歲那年夏天他又回橫濱，那年世界盃足球賽在德國開打*，回台北的時候，他帶了一顆足球，球面上十二塊正五邊形的圖案印著「FC BAYERN MÜNCHEN」（慕尼黑足球俱樂部）的官方徽章**。

純平喜歡踢足球，也去上了足球課，他有一付護具（護腿板）和另一顆黑白相間的尼龍足球。純平的媽媽為他的足球縫製了一個球袋，每次帶球出來的時候，看他拎著藍色牛仔布料的球袋，我都為他感到十分幸福。

純平也喜歡車子，我們一起坐車上路的時候，他會指著這一輛那一輛告訴我，那是TOYOTA，那是HONDA，那是VOLVO，那是BMW，那是PORSCHE，不過他最喜歡的還是FERRARI，尤其是火紅色的跑車。五歲生日的時候，爸爸媽媽送他一本專門介紹汽車的書（厚度超過三公分），他當場拆開了禮物之後，就一頁一頁、一部車一部車翻看，從頭到尾（我們也陪著一起看），他一邊看就一邊發出喜悅的驚呼。

有幾次我們約好去他們家，他都坐在沙發上看迪士尼卡通電影《Cars》（賽車總動員）等我們，他會不厭其詳地為我介紹男主角「閃電麥昆」(Lightning McQueen)***和卡通裡其它形形色色各種車子，還為我們快轉到他認為最好笑的幾個段落，他一邊看一邊又再次笑了出來，眼睛沒有離開過螢幕。他爸爸說，純平看《Cars》大概有兩百多遍了。沒騙人吧？我相信。

然後，純平會拿出遙控汽車和我一起玩。我們帶其他小朋友去他們家的時候，他讓小朋友在他的房間裡玩他的車和樂高。甚至在我們臨走的時候，他媽媽要他送小朋友一個禮物，他就挑出一輛自己喜歡的小汽車送給小朋

友。他是一個懂得分享的人。

純平喜歡的車子和足球，剛好也正是德國男人最喜歡的東西。所以去年夏天我們去了一趟慕尼黑，我特地為他照了一張照片，是英國花園旁邊一家小酒館的廣告車，漆成淺綠色的福斯小Bus，車頂上斜斜地扛著一瓶大啤酒。我們又去了奧林匹克公園，在「BMW Welt」（BMW世界）的展示館裡為他拿了一張免費的明信片，明信片上面印著一輛紅色的F1賽車（當然是BMW的）。這張明信片我們回到台灣以後才寄給他，告訴他我們回來了。

雖然純平偏愛那些「男人們」的玩意兒，他卻一點都不喜歡「競爭」這回事。有一次一群小孩子們過年後到我們家，家裡剛好有幾個氣球給他們玩，有人覺得別人手上的比自己的好，於是丟了這個又去要那個。純平只看重自己一顆紅色的，但是當別的小朋友來要他的氣球，他好像也沒什麼辦法拒絕。他不愛和人家爭奪，只好負氣地說，「我不喜歡這樣！」眼淚幾乎掉了下來。我們問過他爸爸媽媽，「真的讓純平留在台灣讀小學嗎？」因為我們替他擔心，「客氣」的人在目前的台灣社會恐怕會很吃虧。

和大部分的台灣小孩子比起來，純平說話的速度算是慢的，他會把話交代得清清楚楚，不會因為急著告訴你今天幼稚園（或者小學）裡誰又發生了

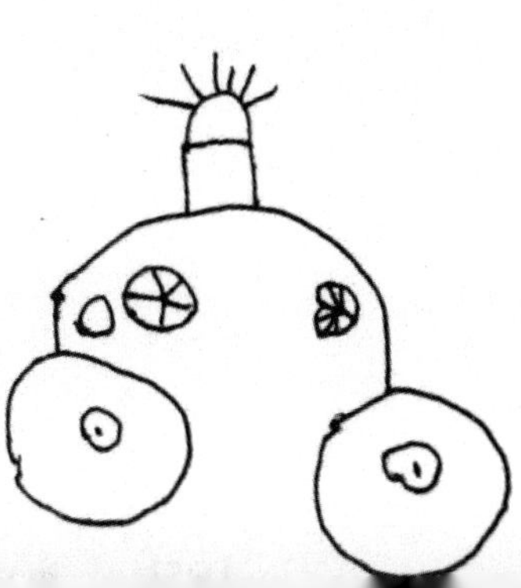

什麼事而愈講愈快，他總是慢條斯理的，就好像他一點都不心急。純平話說得慢，對人事的反應也不夠精明，但他總是有一些對周遭事物的個人觀察，我太太說他是「慧眼獨具」。

他在馬路上的時候，如果遇到階梯，一定會跳上去走幾步，連路邊的花台和石椅也是。國父紀念館主體建築的正門階梯兩旁有扶手，石製的扶手向內的一面凹進去成了一長條窄窄的通道，很少人會注意到那裡，但是純平第一次去，就發現了那條通道，他彎身屈伏在上面爬行，走上去再走下來，就像那是他熟知的祕密基地一樣。

我們在慕尼黑的英國花園（北邊）散步，從高大的樹叢（像楝科的桃花心木）間像螺旋槳一樣隨風飄蕩下來的種子灑滿了林中小路，我一時看得心花怒放，心裡就想起我的台灣的孩子們，他們一定也像我一樣，望著從天而降的小小「螺旋槳」，簡直要樂到說不出話。於是我把它們撿拾起來，先放乾燥了，再夾在書頁之中帶回來。沒想到台灣好玩的東西太多了，我分送給幾個孩子，他們只玩了幾下，就不再有新鮮感了。只有純平和我，我在樓梯間的上一層樓把它們甩拋出去，他在下一層樓眼睛睜得圓圓的，「すごい！」玩完了，他還呵護般地把它們收進小盒子，又抬頭問我，「這是特別為我帶回來的嗎？」臉上帶著一抹微笑。

去年我生日在朋友家過，奐萱為我作了一張卡片，一打開，反摺的紙張會自動凸出來，像小雞的嘴巴一樣張闔，小雞的嘴巴一張開，就會看到裡面「生日快樂」四個字。大家都笑這張卡片「好簡陋」，因為只用兩張紙重疊黏合起來，完全沒有其它裝飾，但是純平一看到，立刻被吸引住了，他打開又闔上，再打開、闔上，教那隻小雞不能休息地頻頻祝福。我們搭電梯下樓的時候，純平還仰著頭慢慢地告訴我說，他最喜歡那張卡片！

那天生日，純平送我的禮物是他幼稚園同學的哥哥教他們的「生日快樂」歌：

Happy birthday to you.
I kick you in the zoo.
I hope you enjoy it.
I flush you into the toilet.

回程的車上，他還反覆地一遍又一遍唱得好樂。

現在我也要回送他一首，是在一個關於兒童氣喘的英國網頁上找到的（網址如下：http://www.kickasthma.org.uk/，作者是Vickyn00b）：

Happy birthday to you.
You were born in the zoo,
with the monkies and the donkies,
and the baby kangaroos!!!

我為他的六歲生日派對製作了一張「尋寶圖」，每個人都得沿著充斥著岔路的迷宮似的圖卷（純平自己就喜歡迷宮，還畫過許多複雜而美麗的迷宮），一路走下去，直到遇見障礙或抵達終點。搭配這張「尋寶圖」還有一個「戳戳樂」，誰走到幾號障礙地，誰就戳一戳紙盒上同樣編號的洞，然後必須依照洞中紙條的指示，或者表演唱歌跳舞，或者裝動物的扮相和叫聲，或者得到一份禮物。純平一戳，得到的指示是，「親旁邊的人一下」，他一點都不彆扭，因為旁邊的人正是他媽媽。

純平的媽媽是日本人。有一次我們幾個大人在一起聊天，說到「國外」如何如何，像是在「日本」……純平一聽馬上接口就說，「媽媽不是外國人！」我們愣了一下，都笑了出來。

我問他，「那你是什麼人？」

「我是台灣人啊！」純平很肯定地回答。

「那媽媽呢？」

「媽媽是日本人！」每個字都很清晰。

於是我就說，「你是台灣人，媽媽是日本人，所以媽媽應該是外國人？」

「媽媽不是外國人！媽媽是日本人！」他仍然堅持這一點。對他來說，媽媽一定和他是「同一國的人」，怎麼可能是「外國」人，雖然她也的的確確是一個日本人。

純平平常在家裡陪媽媽看電視、看日劇，他爸爸每次都問他，「這個女主角和媽媽誰比較漂亮？」他都回答，「媽媽比較漂亮。」我相信他不是信口說說而已，他是真的認為媽媽比較漂亮。

他媽媽看到好看的日劇，會介紹給我們，有一次我們也介紹她看《料理仙姬》（おせん）。看《料理仙姬》的時候，他爸爸又問了他，「女主角和媽媽誰比較漂亮？」沒想到純平這次卻猶豫了一下，然後回答說，「不知道。」「不知道」的意思就是他媽媽這次遇到對手了。我後來問他，「所以おせん（女主角蒼井優，飾老舖料亭「一升庵」女將）是你喜歡的那種女生

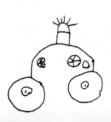

囉？」他沒回答。

也許我的問題問得太早了。但是真的太早了嗎？他讀幼稚園的時候，已經有好多女孩子喜歡他，但是他都說不喜歡人家。他也說過好幾次，「我不喜歡女生。」（「傷腦筋ㄋㄟ」，他媽媽總是這麼說），不過這可不是什麼性向的真情告白，他的意思只是說，和男生在一起更好玩而已。唯一一個他說過喜歡的人，是他最要好朋友的妹妹。不過就在今年初純平七歲生日的前夕，他卻說不再喜歡她了。

小女孩長得甜極了，很愛笑，我第一次看到她，就覺得和她很有緣。我和她爸爸（西班牙人）玩法式滾球(Pétanque)，沒多久純平他們也過來要玩。她才三四歲，一斤多重的鐵球根本擲不出去，所以我教她用「滾」的，沿著地面把球推送出去。她第一次玩就贏了純平和哥哥。後來我們一群人在籃球場上玩躲避球，她就老是爬在我的腳邊，我為了接球而移動一下腳，她也跟著動，我有時候必須一隻手抱著她架在腰間，用另一隻手扔球。這麼可愛的人，純平卻說他不再喜歡她了。下次我一定要問他，「純平，如果你不喜歡Ana Maria了，我可不可以喜歡她？」

純平又喜歡變形金剛和各式超人（例如鹹蛋超人），問他以後想不想變成像「大黃蜂」那樣（大黃蜂是二〇〇七年電影版《變形金剛》裡的博派大將，可以變形成雪佛蘭Camaro），打擊壞蛋，他點點頭，但是又十分正經地看著我說，「可是我還是小孩子呀！」

這個小孩子自己也非常喜歡和其他小孩子玩。他第一次和爸爸媽媽到我們家，和我玩了一下午，到了晚上，禁不住內心的疑惑，他先用日語問了媽媽什麼，媽媽笑了出來，要他自己問我們，然後他就問說：「你們家的小朋友呢？」後來我們也常常約了他們和其他家的小孩子一起玩耍。有一天他媽媽爸爸臨時起意來訪，他進門之後沒看見其他人，想都沒想脫口就說：「他們都還沒來喔！」不是還沒來啊，純平。

他是這麼多小孩子當中，最喜歡也最期待上學的。看他寫數學和國語作業，也是一付自得其樂的樣子，他的算術強得不得了，國字也寫得毫不含糊，每個字每一筆點畫都散發出由衷的喜悅。老師給了他「甲上」，還加蓋一顆或兩顆蘋果印在旁邊，我們都稱讚他好棒，他高興地回答說，他的同學有人還蓋了三顆蘋果呢！

他確實是我所認識最像「小孩子」的孩子。當我這麼說的時候，我是發自內心深深地被他感動：他還維持著一個小孩子應有的美德，一點也沒有那種因為過早社會化而帶來的「人小鬼大」。他「意識到」（意識到了嗎？）

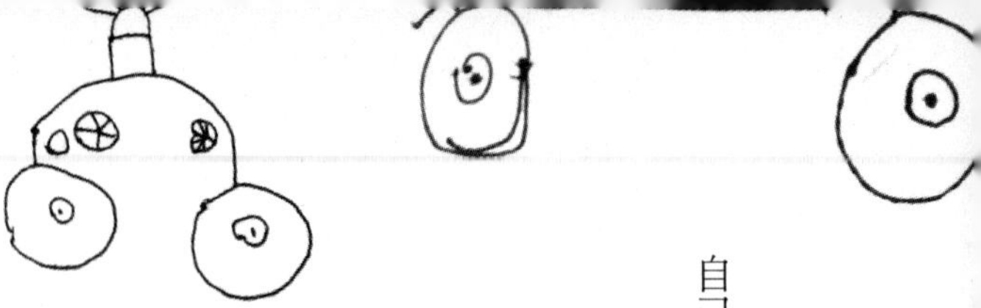

自己是一個小孩子，也安於作一個小孩子，他並沒有急於長大。

他是一個真正的小孩子。

* 這一屆的世界盃足球決賽，義大利和法國在正規賽以一比一平手，延長賽兩隊都沒有進球，最後才比踢十二碼球，結果義大利以五比三氣走法國，奪得冠軍。

** 紅底白字，外圍一圈白色和天青色，字的內圍則是巴伐利亞州的州旗圖案（局部），由巴伐利亞州的代表色——白色和天青色——組成的菱形方塊。

*** 「閃電麥昆」是一個賽車新手，但是速度超快，他是活塞盃(**Pisten Cup**)最年輕的冠軍車（也是車手）。在他的腦子中，只關心兩件事，一個是奪冠，還有就是隨之而來的名譽、金錢、美女、直升機……一切都是他所夢想的。但是當他在一個被遺忘的小鎮——水箱溫泉鎮(**Radiator Springs**)迷失的時候，他認識了一群新朋友，這也讓他重新考慮他的未來。根據網路資料（迪士尼百科），「閃電麥昆」的最高

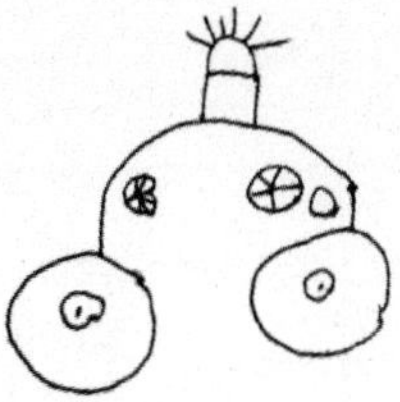

時速是322公里（200英里）；0-60MPH加速時間是4.5秒；他是Pisten Cup Rookie of the Year；V-8引擎，750馬力；他是95號，贊助商是除銹靈(Rusteze Medicated Bumper Ointment)。

據說他是最快的四輪物體，想知道他有多快嗎？他會告訴你，「上一個跟上我的人是一個特棒的攝影師！」而當他第一眼看到Sally，他就驚呼出口：「Holy Porsche……」不過「閃電麥昆」自己到底是一部什麼車呢？很難說清楚。「YAHOO! ANSWERS」中被網友們公認為最好的答案，是一個暱稱Hawk996的人寫的：Lightning is no car in particular, but has elements of many sports cars. His headlights are just stickers and he has many sponsor decals on his sides, both similarities to NASCAR cars. Pixar was shown a Corvette by GM, which influenced his design. His overall profile was inspired by the Ford GT40. His tail resembles that of a Dodge Viper, while the tail lenses and roof are consistent with a Ford Mustang. The full size tour car is based on a Pontiac Firebird. His custom two-tone paint and tires are from a 50s Chevrolet Corvette. Overall, his appearance is a hybrid between a stock car and various other sports cars, but tilted slightly towards the stock car style. He can be considered an overall generic race car.

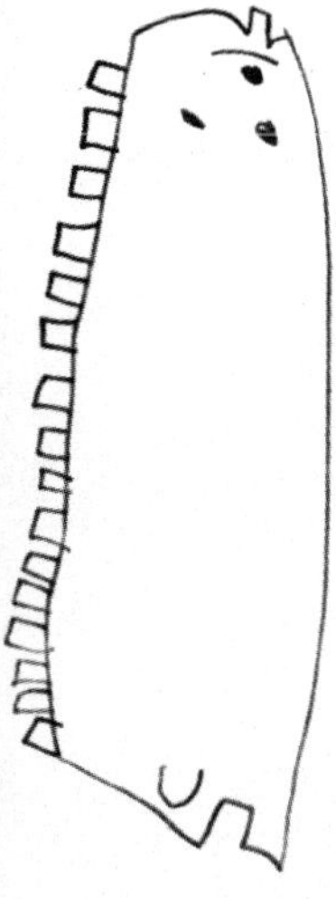

想告訴你的話

我知道你有一肚子的話，我知道你渴望和這個世界溝通，我知道有些話憋在心裡太久不健康。但是，也許你想說的太多了，你的嘴巴沒那麼大，你的舌頭也轉得不夠快，所以一急起來，同一句話可以在嘴裡繞兩三遍，有時候一個故事說了五分鐘還在前言的階段，於是我們就隨便先聊點別的什麼的。我知道你因此更急了。我知道，大人們真壞。

你媽媽好幾次私底下告訴我們，說你忌諱人家提到體重，就算是一家人，連爸爸都不許說。有一次純粹是開玩笑，他們說起你肚子上有一圈肉，你氣得臉色大變，真正是滿腹的委曲。「還不是你們！」你一下子哭了起來，「都陪你們一起吃宵夜！同學講我胖就算了，連爸爸也這樣說！」

所以那一年在中正紀念堂看元宵花燈，我聽到奐萱一見到你劈頭就說，「你好胖哦！」我只能尷尬地把話搶過來，「是啊，哪像妳瘦皮猴一隻。」不過我回頭看你，你似乎也並不怎麼在意啊。不是嗎？

但是說你完全不在意，也不是真的。那一次你和伯母（我太太）走在往絹絲瀑布的竹林道上，你對她說，你可以說出不喜歡班上每一個同學的理由，她好訝異。你對她說，「他們都嫌我動作慢，我體育不好。」可是你很會游泳，又會打跆拳啊，而且今年就要參加升段檢定了。你也許不是跑得快的那種型，不過我們都看過你打拳的樣子，乾淨俐落，「應該教他們來試試看」，伯母說。

我們也好幾次私底下和你談起體重控制的問題，「特別要注意宵夜！」你也同意吧？

有一陣子沒見到你，會突然發現你變瘦了；又一陣子沒見，你又回來了。

我們也曾經和你媽媽談過「肥胖細胞」，你現在正剛好走到了一個新的關卡，就是這幾年之間要當心攝取過剩的營養。

不過體重其實也根本不是問題，如果你能夠完全不在乎別人的話。問題是，那真的很難。

你還記得我們第一次去擎天崗嗎？那是你一年級升二年級的暑假，你媽媽為你新剃了一個「刺刺頭」，你很得意自己的頭髮不用髮膠一樣可以挺直豎立。我們帶了土司、沙拉、柚子、棗子、起士餅乾、蜜餞一堆的東西上山野餐。

我們才準備在草地上玩你帶來的飛盤。奐萱第一個丟，一出手就把飛盤丟進了山谷。她是唯一玩到飛盤的人，雖然也只有一下而已。

我們還在草地上玩「一二三木頭人」，我發現你很會瞬間停止動作。

你們又在草地上打棒球，幾乎沒有人打得到你爸爸投出來的球，不過可能沒有人注意。

吃了大部分的食物以後，伯母開口邀大家一起去走一趟環形步道，沒有人答應，只有你自告奮勇。你那天還只穿一雙涼鞋呢！而且你對環形步道有多長，一定沒概念。在場除了你爸爸和我以外，你是唯一的男孩子，唯一有騎士精神的男孩子。

不過你們實在走得太久了，一直都沒回來，我開始有點擔心，就和奐萱出發去找你們。還沒走到半山的圓形堡壘，奐萱就嚷著要回去，說她一個人沿著原路走，沒有問題。我就站在半山上，一只眼睛盯著奐萱下坡，一只眼睛放不下到處掃瞄你們的蹤跡。沒一會兒，奐萱突然從我的視線中消失了，這下子我必須作出決定，看是繼續前進趕上你們，或者馬上回頭追上奐萱。等我終於放心地在「基地」看到奐萱了，沒多久你和伯母也從探險之旅回來了。

伯母事後和我說，一路上都是你主動和她聊大，你有說不完的話。其實那一天應該算是你和伯母的初次見面呢！伯母說她看得出來你是腳瘦了，不過你一句話也沒有抱怨。要是在很久以前，你就會是有本事從金包里（金山）運送魚貨、茶葉到士林、大稻埕的壯丁，也或者你會為自己經由這條魚路古道迎娶回去一位美嬌娘。

你是唯一一個能和我玩「為什麼……因為……」語言遊戲的孩子。這個遊戲的規則簡單到難以理解，就是一個人永遠問「為什麼……」，另一個人永遠答「因為……」，而且一問一答之間要儘可能流暢銜接，重點是不必管那個「因為」是不是「邏輯地」回答了那個「為什麼」。我先開始。

「為什麼人有兩只眼睛？」

「因為要看東西。」

「為什麼馬路上摩托車那麼多？」

「因為……他們不喜歡走路。」好答案。

「為什麼他們不喜歡走路？」
「因為……肚子餓？」
「為什麼他們肚子餓？」像我這樣取巧的問法，可以永遠問不完。
「因為……我不知道。」好傢伙，這也算一個答案。
「那為什麼今天晚上有月亮？」
「因為……月亮是地球的衛星。」這小子果然是愛念書的。
好，換你了。
「為什麼……你叫善穎伯伯？」
「因為我不是你爸爸。」
「為什麼馬路上車子這麼多？」
「因為他們沒有錢。」
「為什麼人有兩隻手？」
「因為第三隻長在哪裡都很奇怪。」
「為什麼有太陽？」
「因為有月亮。」
「那為什麼有月亮？」
「因為有地球。」

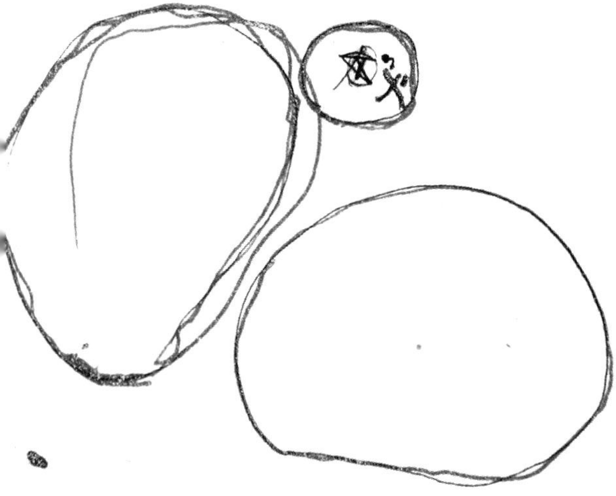

「為什麼有地球？」
「因為有我們。」
「為什麼有我們？」
「因為有爸爸媽媽。」
「為什麼有爸爸媽媽？」
「因為猴子喜歡吃香蕉。」

我們都笑到不行了。他們走在後面的人一點都跟不上。

我和你媽媽說起我們在山上唱歌的事，不只在山上唱，也在公車上唱（她露出了驚喜的表情），還在中正紀念堂的廣場上大聲唱。是你在山上先唱起了〈靜夜星空〉：

一陣大雨剛剛下過
從那寂靜的天空
向地上照下星光
照下無限神祕星光
四處無人黑夜森森

萬物睡在無言中
滿空星座放出清光
說出人們永遠的夢

我沒想到你們可愛的老師會教唱這首歌，連奐萱都沒聽過呢。這是伯母和我小學時候學的歌，我們一直都很喜歡。只是我們都覺得歌詞中倒數第二句的「滿空星座」有點怪，不能確定。但是你堅持老師是這樣教的，還說回去要再查一查。在那之前，就按照你的版本吧。你的童音真好聽，果然有清澈的味道，連唱歌要害羞的奐萱最後也學會了，和我們一齊合唱。

在廣場上，在國家音樂廳的側前方的廣場上，我搞笑地把它唱成饒舌的節奏，還加了誇張的動作，逗得你們哈哈大笑。

啊，真是美妙的歌曲。

我也知道你為什麼那麼喜歡這首歌。因為歌詞裡面有一種神祕的感覺，好像只要照耀在星光下，人就變透明了，但是每個在星光下的人又都看得見旁邊站著的透明人，你根本不需要再說什麼。你看著她／他，她／他的夢就毫無遮掩地顯示在眼前。人與人之間完全沒有祕密，但是一切又很神祕。你一定喜歡這種感覺，我知道，因為我也是。

狗運即將走完，準備迎來豬年的那一年，你第一次自己寫了春聯要送我們，我們挑了楷書對聯「松竹梅歲寒三友，桃李杏春風一家」，後來貼在了電梯的出口牆壁上。那一年你才升三年級，剛剛脫離幼稚的低年級沒多久。

你對書法情有獨鍾，這件事真是太神奇了。雖然你也說過最喜歡的其實是水墨畫，書法還在其次，但是那一年新曆年，你在我們家占牙牌神數，想問的居然是以後能不能當書法家！伯母曾經把你的字拿給一位書法家看，當然啦，你不必不好意思，那肯定是不成熟的，不過那位書法家說你的字有一種瀟灑，這就是說你的氣質了。

也許瀟灑真是你的本性也不一定。不過就像令狐沖，瀟灑也不一定什麼事都不在乎，像他就始終關心著小師妹的幸福，又對他那不仁不義的偽君子師父不能斷然割捨情義。也許你可以一面瀟灑，一面認真作事。

當我們一群人在客廳說說笑笑、彈彈唱唱，伯母總是告誡我們，你正在工作室裡專心寫書法，說我們太狠心，用玩樂在擾亂你。於是前半個小時你臨寫張遷碑，點畫就還沉穩，但是從我們彈吉他、放開聲音大唱亂唱〈曠野寄情〉開始，你的字就跟著噪動起來了。八年級末段班的奐婷、奐萱竟然跟著我這個五年級前段班的伯伯

唱民歌！

話說回來，那一年你和爸爸媽媽送來了春聯，臨走時我們還在屋裡聊，你先走出去換穿鞋子。突然「爆」地一聲，我還以為門外有人放了一槍！開門一看，原來是樓梯間的乾粉式滅火器噴了一地白色粉末。「不是我！」這是你當時說的第一句話。

我知道你是嚇了一大跳，連我們在室內的人都嚇了一跳，何況當時只有你一個人在外面。

事後我們作了檢查，發現滅火器的閥門插銷脫落了。我把插銷插上。那時候究竟發生了什麼事？因為後來你們就回家了，我們再也沒有談起這件事。

「為什麼我現在又說起這件事呢？」我自問。

「因為我不喜歡被誤會的感覺。」我知道，你也是。

另一次我們從擎天崗坐車下山，秋天的黃昏，新月掛在西天上，就在天蠍座的兩螯之間，她的左邊是明亮的木星，右邊幾乎等距的是更明亮的金星。我們又玩起了「為什麼」。

「為什麼山路是彎的？」

「因為山也是彎的。」
「為什麼樹葉是綠的？」
「因為它們喝了太多綠茶。」
「為什麼山上有很多狗？」
「因為貓不愛洗澡？？？」
「為什麼貓不愛洗澡？」
「因為牠們手指短，拿不動吹風機。」
「為什麼天上有星星？」
「因為地上的人有眼睛。」
「為什麼那顆叫作金星？」
「難道你想叫它水星？」
「嘿，你沒有說『因為』！」
「嘿，你也沒有說『為什麼』！」
「我有啊，我剛剛有說『為什麼』那顆是金星。」
「可是你說我沒有說『因為』的那一句，你也沒有說『為什麼』。」
你一定被我說的話攪混淆了。你的眉頭皺在一堆，小嘴巴嘟了起來。
「為什麼你會玩這個遊戲？」

「因為我們坐在一起啊。」
「為什麼人會說話？」
「因為……因為耳朵不能用來裝湯。」
換我了。
「為什麼你爬山還要帶著獨角仙？」
「要給你們看啊。」
「為什麼要給我們看你的獨角仙？」
「因為是我養的。」
「為什麼你要養獨角仙？」
「因為獨角仙比較好養，而且牠很小，裝在盒子裡就好了。我們家很小，我以後要買一棟很大的房子。」

你是認真的，我知道。不管是現在，還是打保齡球或下五子棋的時候，你都是認真的。雖然你丟出去的保齡球總是到了中段以後就統統洗溝了，你一臉懊惱沮喪；你第一次下贏伯伯五子棋，看起來比數學考一百分還興奮；我們在捷運上用成語造句罵人，你玩得好樂。當一群女孩子用襪子縫布偶娃娃的時候，你也說要做一隻寵物送給媽媽。我問你，為什麼不也送爸爸一隻？你沒說話。

我知道，你常常感覺到爸爸給你的壓力，雖然你還只是個小學生而已。這個社會沒有給人很多選擇，你如果走出了這一步，就很難不繼續走下去。不過你應該知道，你爸爸不是你壓力的真正來源，我們是活在一個不是你自己選擇的社會和家庭中。換另一個角度來說吧，爸爸也確實不好當，你看，像我就只會當伯伯或者舅舅。比起盯著你們幾個小的寫家庭作業，我還寧願教你們讀《論語》呢！

《論語》不是說「孝弟也者，其為仁之本與」，又說「弟子入則孝，出則弟」，又說「事父母能竭其力」嗎？當我為你們講解的時候，我注意到你的表情嚴肅，若有所思。《論語》又記載了孔子分別回答孟懿子父子問孝，先答說「無違」，再答說「父母唯其疾之憂」。然後又有孔子的學生子游問孝，子曰：「今之孝者，是謂能養。至於犬馬，皆能有養；不敬，何以別乎？」接著子夏問孝，孔子說：「色難。有事弟子服其勞，有酒食先生饌，曾是以為孝乎？」

我知道，你每一句話都認真地聽進去了。也許你心裡還不免有一些疑惑，但你一定會在往後的某個時刻，回想起你所讀過、背過的《論語》，而且會對那些話語有更深一層的體會。你也一定可以找到更好的和別人的相處之道，或者更重要地，你畢竟要學會找到一種和自己相處的方法。

我知道你聽得懂這些。

親愛的筠翔，我還想告訴你的，是你從來沒有問過的事。也許你從來也沒想過，大人們也都曾經是小孩子，和你一模一樣，不愛人家管太多。我知道你可能很難相信，至少你現在很難在這件事上發揮你應有的想像力，不過我們真的就是那樣。在和你差不多大的時候，我比你還幼稚。我是絕對沒辦法像你一樣坐得住，聽我的伯伯講《論語》。

那個時候，生命中最重要的事莫過於上學前或放學後的布袋戲，再有就是寫完功課以後，完全屬於自己的時光。夏天白晝長，我們還來不及換下制服，就一把抓起彈珠、紙牌、橡皮圈，或者任何時下流行的、只要可以賭的東西，全都塞進短褲的口袋，然後直奔隔一條街的騎樓下。那裡早已經人聲鼎沸，聚集著各路好手，放開膽子大殺特殺了。殺得累了，自然想到要回家吃飯，不然就等到媽媽叫了姊姊們來催，「吃飯了啦！」聽了真令人敗興！別說手氣差，輸到快見底的時候聽了不甘心，贏的時候更不甘心，只好一邊走一邊撂下話頭，「明天再來！」

「明天再來！」是一種承諾，是在那個年紀的我們所能擁有的最高貴的

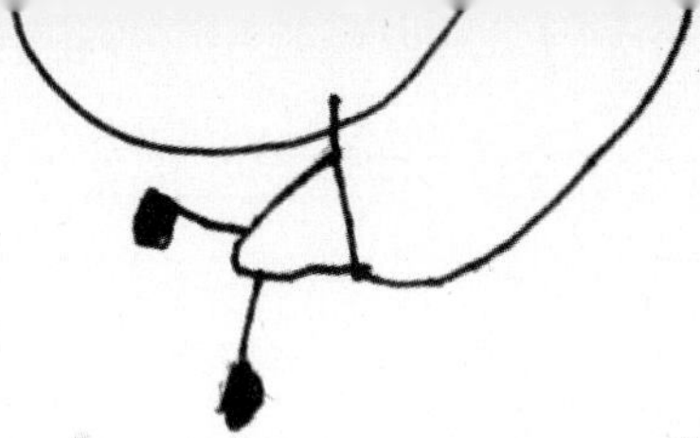

承諾。我們就像一陣風，說來就來，說走就走，高興的時候還狂笑兩聲，唱兩句「少林寺阿善師，唐山過海台灣來*」，然後頭也不回地發足疾奔……

我最近幾年常常想起小時候的事，不是特別多，但是一旦想到了，愈想下去就愈多。我一度以為自己對於童年的記憶很少很少，所以總以為當時其實並沒有多少事發生。不過我錯了。當我和你們在一起，當我看見你們以現在進行式展開童年之旅，當我親身參與了你們的煩惱和快樂，我就明白了那正是我的童年的寫照。在你的、奐萱的、奐婷的、堯堯的、純平的和小豆的身上，我重新遇見了自己的童年。有時候我甚至這樣想，四十歲以後是我的第二次童年期。我真是幸運。

為此，我要謝謝你們。

＊

這是電視連續劇《西螺七劍》的主題曲歌詞的頭兩句。根據華視台史館的資料，從民國61年3月7日到10月13日，總共演了222集，創下當時閩南語劇播出集數最高的紀錄。《西螺七劍》是以「西螺七崁」的武術發展為故事題材改編的，劇中虛構的七個代表人物分別是頭崁廖錦堂、二崁蔡清標、三崁張大海、四崁施翠蓮、五崁簡阿七、六崁李英杰、七崁鍾榮財。主要演員有石峰、林月雲、陳雲卿、陳秋燕、江南、高鳴、歐雲龍、丁翠、蘇真平、蘇金龍、羅斌、田明、周萬生、王滿嬌、陳文、呂文忠、江霞、張宗榮、石軍、張美滿、洪寶琴、高幸枝、王哥、小戽斗、賴德南、矮仔三、潘明燦、英英、司馬玉嬌、鳳飛飛（我完全不記得有她）。故事說的是：清朝太平天國亂起時，少林嫡傳弟子阿善是個身懷絕技、醫術高明的武師，他抱著濟世救人的態度雲遊天下，在偶然中來到西螺，並且定居下來。在阿善初到西螺時，那裡有號稱「七崁」的不同派系互相仇視，集體械鬥不休。但是在阿善的協助下，他們的情況有了轉變。這七個後來成為師兄（姊）弟（妹）的好漢們，個性截然不同，經過曲折的恩怨後，終於團結在一起，共同抵抗日本人。

除了七劍以外，還出現了一個大智若愚、沉默寡言的陳劍秋，他被阿善師認為是不世出的奇才，西螺一派的武學，就因他和七位師兄姊（片尾曲〈五湖四海〉將他們七個形象化為「一獅、二龍、三野豹、四鳳、五猴、六仙鶴、七玉麒麟」）而發揚光大。劇中也加入了錯綜複雜的愛情元素，像是四崁愛上頭崁，而三崁卻愛上四崁，而在陳劍秋出現後，頭崁的外甥女愛上了他，兩個人倒是真摯地彼此相愛，只是四崁的女徒弟也愛上了陳劍秋，而一崁的兒子卻又愛上頭崁的外甥女。無望的連鎖關係，兩代情愁。

關於「七崁」的由來：由於當年治安不良，在地的張廖家族為求自保，族人在西螺地區以村里或數個村落為單位，分為「七崁」，以犄角之勢守望相助，實施聯防自保制度。當時的七崁是以西螺廣興里為中心，向二崙和崙背擴散。根據大陸祖籍福建省詔安縣官陂鎮的族譜記載，相傳「張廖氏」第五世族人在溪口大樓的樓門口嵌了七坎（七個階梯），意在時時刻刻提醒後代子孫勿忘七條祖訓，因而稱為「七嵌」，後來又稱為「七嵌箴規」。七嵌箴規的內容如下：第一嵌，生廖死張，故曰張廖；第二嵌，不食牛犬，知恩無類；第三嵌，得正祀位，猶勝籃轎八臺；第四嵌，嗣續為女，繼絕為先；第五嵌，〔守〕制無苟，恐生戾氣；第六嵌，堂教修譜，敦親睦族；第七嵌，遷籍修譜，天下一家。

關於「張廖氏」：元順帝時，明朝武將張廖氏始祖張愿仔因躲避白蓮教，入贅廖家兼養子，並改名廖元子。廖化視張愿仔如親生，廖元子於是臨終時囑咐其子：「吾深受汝外祖父知遇之恩，欲捨命圖報，未能如願，汝當代父報答，子孫生當姓廖，以光母族，死當姓張，以存子姓，生死不忘，張廖兩全。」因而有「張骨廖皮」、「生廖死張」之說。

關於「阿善師」：劉明善本名劉炮（一作劉苞），生於清乾隆五十七年，福建漳洲府詔安縣人，與西螺七嵌張廖姓族人同鄉。劉年輕時在福建蒲田九龍山少林寺學武藝，明善就是當時取的法號，後來他的門徒都尊稱他為阿善師。道光八年，劉明善隻身來台，最初落腳在嘉義民雄，後來轉到西螺廣興定居。由於他精通少林武術，當時的社會環境又是盜匪橫行，在鄉親的請求下開設了振興社武館，教授七嵌子弟武術，使得西螺七嵌的武館林立，武風鼎盛全台聞名，成為台灣武術發祥地之一。阿善師同時也將少林卸骨法，也就是骨折的治療法傳授給弟子，因此在西螺七嵌的武館都有幫人接骨。

這個注文裡的「七嵌」，有時候作「七崁」，有時候作「七坎」，因為是隨順所參考的資料原文，所以難以統一。

（參考華視台史館；廖清海〈西螺七嵌武術的起源與衰落之考察〉，中華民國體育學會《體育學報》第三十八卷第一期；許瑛玳〈雲林詔安——張廖家族與崇遠堂〉，國立中央大學客家學院電子報第四十六期）

73 / 72

我最鍾愛的孩子

奐萱還不到半歲大的時候，舊曆年後她媽媽抱著她，約了幾個姊妹淘來我們家占牙牌。一上樓來，我們把她放在桌上，方便大家一起端詳。奐萱的媽媽說，這孩子真難搞，每次只要帶出門一定哭，到哪裡都愛哭，剛才在車上還哭鬧個沒完沒了。可是奇怪，一進我們家倒是馬上安靜下來，十幾只眼睛盯著她，像一隻奇珍異獸似地被展示著，她也無所謂的樣子。於是就有人說，我們家的磁場好。我們家的磁場其實和方圓幾十里以內的人家都差不多，在北緯二十五度上下，東經一百二十一度左右。

那一天占問的人，得了一卦「上上、上中、上中」，卦辭說是「扶輿鍾秀氣，間世發英材，不得中行士，還是狂狷裁。」問的是婚姻。她是眼看著奐萱的媽媽結了婚，一年後就得了一個女兒，再一年多連老二奐萱也出生了，她則是連枕邊人都不知道身在何方，心裡著急。從卦辭上看，還不怎麼明確，但是再讀下去「解曰：檐前喜鵲噪，房中燈蕊報，憂煎漸漸消，諸事咸稱好。」喜鵲、房中，不都正好應了她要求的姻緣，再吻合也沒有了。每個人都感受到了她的喜悅。

奐萓也是，她不作聲地帶著笑容躺在一旁。是她為虎年帶來了喜氣和春風。

奐萓極其善良。她上小學以後的第一個寒假，我們從德國回到台北；第一個暑假，她爸爸媽媽就帶他們來看我們。那一天我太太帶著他們幾個小孩繞行校園，她都會蹲在草地上好久，看著地上的螞蟻啊、蚯蚓啊，或者昆蟲什麼的。她總是以一種讚歎的語氣表達她對其它生物的欣賞，「哇，好可愛哦！」她一點都不害怕那些蟲類，不管是有毛的還是沒有毛的、有翅膀的還是沒翅膀的。你聽她從內心深處散發出的那種讚歎，真真是令人讚歎。

那時候奐萓的弟弟還沒滿兩歲，包著尿布走路還很蹣跚，她就懂得沿途招呼他，每到一處，都先說，「二姊跟你說……」。弟弟懂了沒有，她也不知道。不過她也不是愛賣弄，那只是一種自然的手足之情，會先想到幼小的人。

在研究室裡，我為她們錄了一段短片，她剛開始連站的位置都要先瞧一眼姊姊，姊姊站在後面，她於是就往後退兩步，看到姊姊舉起兩隻手的食指和中指作V字形，她也跟著做動作。我一邊拍一邊說笑話逗她們，姊姊笑得上半身向後翻仰，她也學著咯咯笑，一邊仰一邊往姊姊靠。她笑得很開心，根本沒注意到姊姊已經轉身走了，她還一個人繼續仰著頭，繼續笑。

那天媽媽幫她剪了一個妹妹頭，長度剛過耳朵而已，方便她擦汗。她穿了一件有肩帶、淡粉紅色的及膝格子裙，裙子在腰線下的右側縫了一個小口袋。當她爸爸為我們和他們的三個孩子拍照的時候，奐萓就跨坐在我的右腿，左手輕輕搭在我的手腕上，稍稍露出參差不齊但已經長全的牙齒。她的眼神專注，不顯示半點聰明人的黠慧，反倒有幾分樸實而近乎笨拙的稚趣。她媽媽說，她是一個容易滿足的孩子，不太鬧大人，她能夠自己窩在沙發椅上一連幾個小時讀書，不知道餓。

奐萓上小學之後的第二個暑假，我們的關係有了一次大躍進。暑假的第一個禮拜，我帶她們一起坐火車去鶯歌，那是奐萓和姊姊奐婷第一次和我單獨外出。她媽媽給她綁了兩條辮子，紅色的髮圈上面各裝飾了兩顆白色的骰子。她們對於坐火車顯然很興奮。

雖然我們原定目標是鶯歌陶瓷博物館，但是從火車站出來，才走過鐵路下方的第一個地下道，我們就已經放棄沿著文化路左轉到博物館，而改走尖山埔路右轉育英街直接到陶瓷老街去了。我們要去買陶笛。街上每一家店都賣陶笛，我們逛了幾家，根本不曉得從哪裡下手。於是就先找了路旁一張木頭椅子坐下來，我給她們兩個照了幾張像，照片裡兩個人都向著我吐舌頭。然後是奐婷拍了我和奐萱，再換奐萱拍了我和奐婷，到這時候我們都已經習慣在鏡頭前面扮鬼臉了。奐萱用手拖住臉皮，兩只眼睛無神地往上一吊，活脫是一個倒楣鬼。

我們最後不知不覺走到了陶笛阿志的店。阿志是誰？我們根本沒概念，不過我們才在店裡看了一會兒，就從外面來了一位攝影師，說要給「阿志」作訪問、拍照，還希望兩個妹妹也一起入鏡，就像是跟阿志學吹陶笛的樣子。重要的是，她們真的學著學著就吹起來了，這是她們陶笛的第一課。

走出阿志的店，已經下午四點多了，七月初的天氣有足夠的理由讓人想來一客冰淇淋。我是百無禁忌的人，問了奐萱，她才說吃冰會過敏，但是馬上自己又補了一句，「應該是吃多了才會。」於是兩分鐘以後我們就人手一杯。奐婷只吃巧克力口味的，奐萱則拿不定主意，最後點了一球巧克力和一球香草。她們一邊吃還不忘扮鬼臉，奐萱的舌頭一拉出來，白白的香草透出點點紅色的舌苔。她站在街上，揹著雙肩紅白背包，專心吃她的冰淇淋，鼓著小孩子特有的那種圓圓的小腹，完全忘了過敏的事。好在這種事是一旦忘了就不至於有事的。

幾個星期以後，她們的媽媽在《商業周刊》上看到了那天的照片。

去鶯歌回來以後的第十天（還在照片刊登出來之前），傍晚的天色美極了，幾乎是萬里無雲，不同的漸層顏色從東方迤邐到太陽西下的海面上。我們邀了奐婷、奐萱一起遊河，坐渡輪到漁人碼頭看海。奐萱的爸爸笑我們說，「還真浪漫！」

看海之後兩個禮拜（還是在照片刊登出來之前），我們到奐婷、奐萱的家裡和她們的爸爸一道慶生，他和我太太同年，只相差五天。奐婷和奐萱兩個人穿得像雙胞胎，幾乎一模一樣的衣服（只除了奐萱的是純白色，姊姊的顏色略帶粉紅）和七分褲，褲子下擺是荷葉邊，繡了一枝梅花在上面，襯衫的左胸前繡了兩顆草莓——那天的蛋糕正好也鋪了一層新鮮草莓——我太太最喜歡的水果之一。她們的媽媽為大家準備了七菜一湯，她們兩個人則在吃甜點之前為壽星用陶笛吹奏了一曲〈生日快樂〉——當然是用「阿志」的。

不到一個月（照片總算刊登出來了），輪到奐萓生日，這是她第一次在我們家過。我們事前用一段段色紙結成一圈圈綵帶，接在餐桌的上方，就像有些幼稚園會做的那樣。那些綵帶讓她們樂歪了，卻嚇到了奐萓的爸爸，他用一貫訕笑的語氣說，「都幾歲了還在玩這個。」他不應該忘記才對，上個月他自己也吃了生日蛋糕，上面明明插了「40」兩支數字蠟燭*。

說起來真不可思議，雖然距離鶯歌之行還不滿兩個月，但就在這同一個夏天，奐萓好像突然「長大」了。她還是去鶯歌時的那兩條辮子、紅色的髮圈繫了兩顆白色的骰子，還是不到一個月以前那件純白色胸前繡了草莓的短袖襯衫，但是當她抱著幾乎等高的熊熊面對鏡頭的時候，她開始出現了靦腆的表情。那是一種信號。奐萓意識到自己即將滿八歲，要升三年級了嗎？可是話說回來，八歲是一個臨界點嗎？升讀中年級又是一個特別的成長階段嗎？

也許還不是。不過無論如何，去鶯歌之前的「那個」奐萓其實早已經不是去年暑假的「那個」奐萓了。我吃驚地意識到這一點。同時想起關於「成長」的種種可能性。

那一年暑假結束之前（事實上是奐萓生日之後五天），她們姊妹第一次住在我們家，三天兩夜。我獲得一次絕佳的機會就近觀察她。沒錯，即使是歪七扭八的手腳，不安分地纏裹著棉被滾東滾西，還和姊姊一樣張大了嘴巴呼呼睡覺，我還是很容易就看出了她和以前的不同。她是真的變了，一年前滿臉的稚氣，現在臉上看不到半點痕跡。

應該就在那前後一兩年之間吧，奐萱的弟弟進入了他的活躍期，他開始有意識無意識地侵犯姊姊們的權威，像個小霸王似地主宰家裡的每一個人。他愛哭、愛鬧，又愛人家陪他玩。大姊的點子多，不怕制不住他，萬一真制不住的時候就乾脆發飆，說不理他就不理他。弟弟在大姊那裡吃了一記悶棍，只好退而求其次，讓奐萱陪他玩。他看出二姊的善良，不會拒絕，但他也看出二姊其實「不好玩」，於是就更加放肆地只按自己的規則玩，玩到最後常常就是拳腳相向，出手不知節制了。可是奐萱不懂得回擊，總是被小她五歲的弟弟半推半打地欺壓在角落，只能用手護著頭部大叫。她愈是喊叫，弟弟愈樂，玩興也就愈來愈高。

類似的事發生了好幾次，我聽她們雲淡風輕般地轉述，簡直驚心動魄，無法置信。只能教奐萱學會保護自己，「腦袋要是壞了很麻煩。」又當著眾人的面斥責弟弟的「暴行」，說狠話恐嚇他、要懲罰他等等。不過我心裡明白，像這種兄弟姊妹間的互動模式其實還會延續一段時間，直到某一天，突然大家都沒興趣再玩下去了，自然就會結束。

奐萱常常鬧頭痛，我總以為那是一種後遺症。我心疼她的軟弱，於是對她更好，我們兩家人出門，她總是讓我牽著手一起走。但是她如果不能懂得自保，誰也沒辦法。孩子們的世界自有一套邏輯，也像成人們的一樣，有弱肉強食，也有相互依偎，前一刻才鬥得你死我活，絕不退讓，轉眼之間就能攬起腰、摟著臂，可以和你分享一切。這說不上特別殘酷，可是有時候教人不忍。

奐萱的善良在姊姊的眼中，成了愚不可及。姊姊是聰明人，很聰明的人，長得又快又好，又漂亮，還很會畫畫。她畫的畫真是沒話講，奐萱只能張大了嘴巴。她們一起上才藝班，奐萱常常以欽佩的心情模倣姊姊的畫作。過年過節做卡片，她也都是先看姊姊怎麼做，然後才依樣畫葫蘆地制作出一個不完美的拷貝版，她對姊姊的藝術天分是滿懷崇敬之情的。姊姊繪畫比賽得了優勝，也是她幫姊姊打電話來報喜訊。但是，當每個人都只讚美姊姊的時候，她該怎麼辦呢？

她開始排斥畫畫，只要提起畫畫的事，她就先推說她不會。學校的美勞作業，她也草率起來了，後來竟然在姊姊的建議下，她為她畫，一張十塊錢。媽媽爸爸知道了，臭罵姊姊一頓，但也沒給她好臉色，都怪說她怎麼那麼笨。我們在他們家裡聽他們講起這些事，也取笑了姊姊的貪財。然而，事情似乎走上了一條奇怪的路。

奐萱畫不過姊姊，也因此不愛畫畫，但是她堅持一定要學鋼琴，即使姊姊後來以沒有興趣（其實是偷懶）、沒有時間（她去上了素描班）為由而停了鋼琴課，她還是不肯停，又一個人持續學了好一陣子。她知道畫畫沒她的天分，但是既然姊姊放棄了音樂，這就是她的一次機會。

但其實她並不是樣樣不如姊姊，她自己心裡也應該明白這一點。姊姊永遠比她提早讀一年，身高也是她望塵莫及的，又能言善道、會說笑話、創新遊戲，這些她都趕不上了，但至少她學校成績好，她愛讀書，認的字比愛看漫畫的姊姊多。在功課這一項上，她總是得到爸爸媽媽的肯定。不過她並不知道，這對她而言不一定是好事，因為現在她必須獨自承擔起家人對於會讀書的孩子的期望所帶來的壓力。一旦爸爸媽媽接受了姊姊只會畫畫、不愛讀書的習性，他們很可能就會轉而更盯緊她的功課。姊姊可以考不及格，不過姊姊少得的分數現在都要算在她的頭上。

「不公平！」有一次她終於想通了。她數學考了八十分以下，爸爸媽媽很生氣。

「為什麼奐婷可以！」她只是比上次月考退步了，但還是比姊姊好啊。

「妳跟姊姊比！」爸爸更生氣了，「那些題目都是妳本來就會的！」

當然不公平。姊姊只要稍微進步一點，不要從倒數的名次一下子就看到她，就保住了爸爸媽媽的顏面，而妳是注定應該要考得再好一點、更好一點，再更好一點。

於是妳開始在這一件小事、那一件小事上故意唱起反調。妳開始學姊姊，有些動作拖拖拉拉的，例如收拾書桌、整理被子，或者就寢前的刷牙，可是卻莫名其妙地就挨罵了。「姊姊動作慢，現在連你也慢！」爸爸說妳，妳還沒醒轉過來。有時候妳索性鬧起彆扭，連走路都不能好好走。「在大街上，活像七爺八爺在巡境！」於是妳挨打了。當妳爸爸一肚子火和我說起妳的怪異行徑，我是覺得好笑又心痛。妳把袖子捲上來給我看，露出兩道淤青，一臉的無辜。但是連妳自己都說不清楚當時為什麼那麼做。

「不知道啊！」妳習慣性地回答。我知道妳還不是青春期的叛逆。

在那前後一兩年中，妳就這樣搖擺於無知的弟弟和無賴的姊姊之間，有時候變成了和弟弟一樣，搞一些無厘頭的把戲，沒命地玩到瘋，有時候又學著裝大姊，狀似心中自有主見，你根本找不到自己的定位。妳是上不上、下不下地，把自己懸掛在無何有之鄉**。妳雖然也莫可奈何，但是爸爸媽媽都被妳惹毛了，只有和我在一起的時候妳才馴服地像一隻羊，雖然是一隻頂著牛性的羊。

不過我也從妳口中問不出答案。

「不知道啊！」妳又一次習慣性地回答我。

我相信妳是真的不知道為什麼事情會演變成這樣。也許沒有人知道真正的原因。

好在妳並沒有因此遺忘妳本性中的善良。不論是在學校、在山上，一看到昆蟲妳都還常常是同樣一句話，「好可愛哦！」，只不過現在偶爾也會冒出「好噁心哦！」那樣的評語。在關渡平原的堤防，妳也是在水筆仔的濕地上努力地尋找招潮蟹。在東北角南雅奇岩區海邊，妳也是一看到寄居蟹就像看到老朋友一樣親切。

妳也沒有遺失妳的耐性。妳仍然可以幾個小時坐著看書，也可以陪著伯母和我散步，永遠不會開口嫌累，妳常常是我們想到的一起爬山的最佳人選之一。妳每次來我們家，總是望著工作室書架上的那顆水晶球，問我，「伯，你什麼時候才要教我玩水晶球？」我不是說過了嗎，等妳長大以後。

哎，奐萱，妳的鍥而不捨幾乎成了一種「鈍性」——「悟性」的另一頭極端。

妳還是一樣善體人意，懂得節制、節儉之為美德。當家裡發生經濟危機，你們被迫限時籌措出幾百萬元，爸爸媽媽認真考慮賣掉房子的時候，媽媽把妳和姊姊叫到跟前，說了事情的嚴重性。妳姊姊仍然是平常心，好像聽到的是隔壁鄰居的事，妳卻用眼睛告訴媽媽，妳完全聽懂她的意思。在外面用餐，妳總是看最便宜的東西點；一雙球鞋穿到開口笑了，妳還不願意換；帶妳去買蛋糕，妳就指定要那個最小的就好了。其實家裡的狀況真的沒有妳想像的那麼糟啦。

妳既一方面勇於嘗試，另一方面卻又好像很保守。說起中正紀念堂花園裡的山洞有可怕的怪物，妳心裡害怕，但又好奇地不放棄一步步挪近洞口，想要一探究竟。在二水，我們一夥人去夜遊，山林路黑，一盞燈都沒有，姊姊走中間還緊緊抓住伯母的手，我殿後，只有妳一馬當先。去溪頭看神木，遇到大雨，我們安排女士、小孩先搭便車下來，是妳選擇了和我們幾個大人穿著雨衣一路走下山。溜直排輪妳也是第一次穿了鞋子就不肯脫下。但是妳吃東西就永遠那麼幾樣，老是點那塊炸豬排，不敢嚐試新的菜色。遇到陌生人也是自己先退後兩步，打招呼的聲音就像是怕別人聽到似的。

妳又一樣喜歡當姊姊的小跟班，喜歡和姊姊兩個人唱雙簧似的裝模作樣，有時候大打出手，妳一拳我一腿的，動作誇張。有時候拿了紙捲的空心棒從後面「襲擊」前面人的腦袋，被襲擊的人得犧牲色相，作出歪脖子、歪嘴巴的驚嚇和痛苦狀。有時候玩「烤乳豬」，晾在植物園的長條椅子上，任由姊姊在妳身上淋油、剮肉的，還一付很享受的樣子。

妳完全不在乎撿穿姊姊的舊衣服，甚至被姊姊嘲笑妳腿短，褲子還不能穿。妳的評量本也是姊姊去年用過的，裡面一大部分都是空白的沒寫，少數寫過的妳就跳過，不然就是媽媽幫妳用橡皮擦擦掉。只有在涉及學校成績的時候，妳才對姊姊完全不假辭色，每次一看見我們，都馬上打小報告，說姊姊這次的考試又考了有多爛多爛。但是妳對自己的好成績（儘管也不算最好的）倒是不宣揚，總是說得很低調，雖然每個人都聽得出來妳的矜持。

妳和筠翔跟著我一起讀《論語》，我總是覺得奇怪，妳的理解力似乎還不如小妳一歲的筠翔。每次要你們重述一次剛才的解釋，妳都得先停頓一下，要等筠翔開口了，妳才彷彿得到了指示，接著就搶先把話說完。但是默背的時候，妳又永遠是最快、最準確的。

更奇怪的是，妳那麼喜歡看書，但要妳將看過的書的內容介紹一遍，妳幾乎說不清楚，不僅沒頭沒尾的，連中間的橋段都很弱。寒暑假作業要寫作文，妳就頭痛，簡直是死穴一個。我常常感到疑惑，為什麼妳讀了那麼多書，卻好像對妳一點用處都沒有呢？看妳啃著一本又一本《哈利波特》（七冊）、《墨水心》（三冊），有時候真的不知道妳到底讀了沒有，但是考問妳這個字、那個字，又每個字都會念，不像隨便翻翻的樣子。

也許妳爸爸對妳的評價是對的，「她啊，資質平庸。」那是他在妳小學二年級時候說的話。我心裡不願意承認，也真的不這麼想。可是難道我能這麼回答他，「資質平庸？啊，你是沒看過她扮女鬼的樣子，當她站在中正紀念堂地面探燈的正上方，白色的燈光打上來，照著她面無表情的輪廓，那真是絕活！」我能說什麼呢？關於妳的資質……我只能說，我有理由（即使有人覺得不充分）繼續期待下去。

有一次妳單獨來我們家住，隔天見面的時候，姊姊就開玩笑說，「我們不要妳了，妳當伯伯和伯母的女兒好了。」我不知道妳怎麼想。後來想想，還是找了一個機會和妳說，妳當然還是妳爸爸媽媽心疼的女兒，但是我們也並沒有因此少了什麼。

在這麼多孩子中，妳是我最鍾愛的一個。我知道，這大概會讓有些人有點吃味。不過想一想，前年冬天妳因為感冒併發肺炎住院，醫院甚至簽發了病危通知，讓妳媽哭得死去活來的，只要一想起妳在那樣的年紀，曾經來回鬼門關一趟，好像所有別的事都是其次了。就讓那些人去吃味吧。

今年是妳的第二個牛年，我知道妳還在摸索自己的路。雖然妳說過長大以後要當鋼琴老師、英文老師，也因為家裡一度的經濟緊張，說過要賺很多很多的錢，但是我看著妳，心裡常常自問，妳最後會變成什麼樣呢？是啊，妳最後會變成什麼樣呢？對這個問題，我很好奇但並不心急。所以妳自己也不必急，因為以伯伯的這種年紀都不急了，妳更應該沒有什麼好急的，對不對？妳會走到哪裡，成為什麼樣的人，沒有人知道，連水晶球、牙牌都不能知道。

＊其實應該是「38」，不過台灣人習慣過虛歲，所以算成「39」，但是又因為逢「9」不過，所以再跳過去，就變成了「40」。

＊＊〈莊子・逍遙遊〉有一段故事，大意是莊子的好朋友惠施取笑莊子的那一套言論「大而無用」，就像「樗」樹（樹葉有臭味，又名臭椿），樹幹臃腫，樹枝卷曲，根本不能用作建材，沒有人要。莊子就回答他說，像狸狌（野貓）那樣的動物吧，抓老鼠特別機靈，算是很有用的了，但跳來跳去，再厲害遲早也會誤中機關而死；反觀斄牛（旄牛）那樣的龐然大物（「大若垂天之雲」），如果要牠捕鼠，當然是做不到的，不過有這個必要嗎？對於惠施消遣他「大而無用」，莊子的反應透露出大智慧：「今子有大樹，患其無用，何不樹之於無何有之鄉、廣莫之野，彷徨乎無為其側，逍遙乎寢臥其下。不夭斤斧，物無害者。無所可用，安所困苦哉！」莊子說的「無何有之鄉、廣莫之野」就是一個「什麼東西都沒有」的地方。如果，惠施接受了莊子的建議，把那棵大樗樹移植到「無何有之鄉」，那麼奐萱的懸掛也許就有著落了。

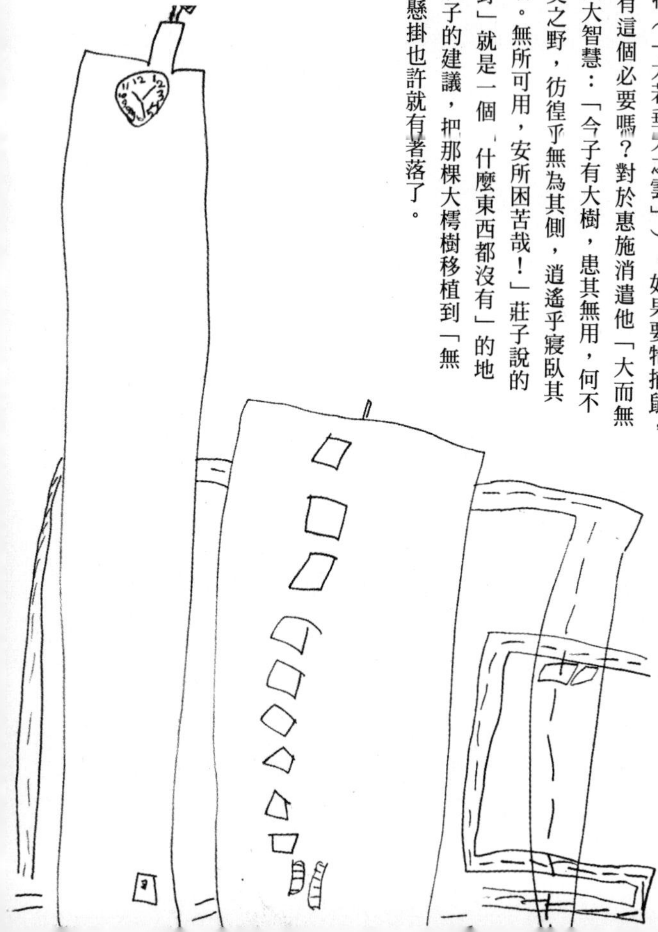

大家好！我叫小草

Nickname: 草

Gender: Female

Birthday: 11月11日天蠍座

Blood type: AB

Height: 151-160

Weight: 41-45

Education: NA

Occupation: 學生

Hobby: 聊天哈拉，動畫漫畫，唱歌跳舞，發呆睡覺，豢養寵物

Favorite: 我可以跟朋友永遠在一起

Dislike: 朋友不理我

E-Mail: NA

MSN: 沒

Yahoo Messenger: NA

Introduction: 大家好！我叫小草

第一次聽小草說起她的「網路老公」（兩個！），嚇了一跳，後來聽她解釋原來是一種網路遊戲……

「仙境傳說」(January 5, 2009)

它，是我從小三開始玩的遊戲
到了現在，我還在玩這個遊戲
那就是——仙境傳說
在遊戲的世界裡
我好快樂
跟朋友打怪

升等了
打到賽了
錢多了
認識了網路的「老公」
一切的一切
我都，好高興

看她日記裡好多我全然沒概念的一堆術語，什麼「練等」、「生存手杖」、「神冰塊」、「咬花」、「暗性攻擊減20％」，或者像這樣的整整一句：「變身樹葉需要變身葉300個，然後好像是去夢羅克換」，又或者一整段：「昨天去古城又掉了35％，變25％，死兩次！常常遇到小黑或邪箱就死了。我寶貴的％啊！一下就掉光光了！還不如去米組刺客或獵人練勒……希望能快點練成牧、獵！而且也希望姊放在我這的東西都是我的。我好窮喔……我超窮的說。GM請給我東西吧……。」

「仙境」的世界果然是一個很不一樣的世界。

小草說，「玩電腦」是她最喜歡做的事。在媽媽下班回來之前，她有兩個小時，雖然那是她應該寫作業的時間，不過，「管它的咧！」問她電腦好玩在哪裡，她回答得很直接，「就很好玩啊！」再問她一次，「因為同學們都在玩，這樣才有話聊。」她說話的時候，上嘴唇總是尖尖翹翹的。

對小草來說，朋友是最最重要的。在一篇名為〈回憶，是這樣形成的〉的網誌中，小草回憶起上國中以後的某一天，前面座位的同學向她借了衛生紙，下課的時候兩個人呆坐在教室裡，於是就聊了起來，意外發現彼此竟然玩著同樣的網路遊戲……

她是小草結交的第一個不同國小的朋友，不過她還是不斷地想念起以前的那一夥死黨。在新年的網誌中，小草說，「在前一年的366天裡，有快樂，有悲傷。那一年，讓我從國小升上了國中。」去年的元月，她還是六下的小學生……

每天下課，跟朋友去操場玩紅綠燈
放學，在校園裡玩到傍晚
每天，都過著輕鬆的生活
直到了六月
我，畢業了
迎接我的，是國中的生涯

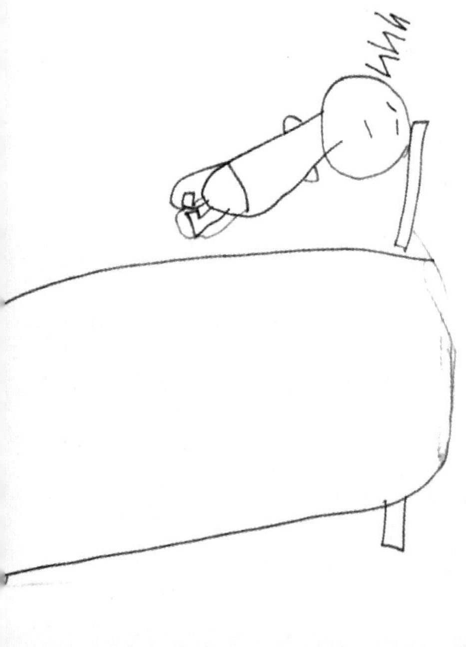

……

直到了今天，懷念著以前的生活

惦記著，以前的朋友

那一年，我——過得很快樂

在小草的日記裡，她的小學同學們個個像「小大人」，也玩著大人們的「遊戲」。

她有一篇「愛情世界真複雜」大概是這樣的：「今天玟把一個吊飾送給她喜歡的豪，不過因為豪看玟長得那麼『壯』，所以把她送給他的吊飾送給了屏。屏跟我說，要拿去還給玟（那時候玟去牽車，我們在綠精靈等她），但屏忘了，好險她最後想起來了！屏還跟我說，『男校的人都說玟很醜！』所以豪應該也不喜歡她。這句話讓我覺得，那我怎麼辦？如果玟被說醜，那我不就第二醜！而且我還問傑，如果玟喜歡他，他會喜歡玟嗎？他說不會！玟最後說，『以後她都不會有喜歡的人。』不知道玟回家會不會哭？」（同一天的日記上半部，小草寫說：「屏好變態喔！竟然露奶給我們看，靜還說好大！而且還在室外脫！真大膽！」）

我不是很確定，也許小草真正的意思是，她自己才是最醜的人？「第二醜」其實是比「醜」更醜？因為她在日記裡曾經用特大的字寫著：「我是個醜女！！！晟應該不會喜歡我吧！」還用同樣的大字寫下了「我天生的氣質沒辦法，從小長得那麼三八，討厭」這樣的話。同一頁小草又畫了一個雪人，裝飾成2008的「8」，然後下面三排許願的句子，從左到右，同樣大的字：「別三八:)」、「高雅大方」、「早日有男友」。

小草非常在意她的「醜」，但她其實長得漂亮極了。她遺傳了她媽媽的濃眉、深眼窩、挺立的鼻樑，鮮明的唇形，和乍看之下肉肉的但又略嫌削瘦的臉龐，以及一頭烏黑亮麗（真是又黑又亮）的頭髮，整個人簡直可以說是英氣逼人。我完全不能明白，為什麼她對自己這麼沒自信。在日記裡她老是說著類似的話：「我果然是個『醜女』。玟、屏都說我很可愛，但是不知道為什麼覺得她們認為我很醜，但又不說。所以我覺得我應該很醜！為什麼我要活在這世上，不但喜歡的人不喜歡我，連（網路）遊戲喜歡的人，也好像不喜歡我。那麼，我真的不知道我活著要幹嘛？對世界感到無奈，早點死掉好了，這樣可省錢，也可以……『我真的那麼醜嗎!?』」

在「愛情世界真複雜」中，她雖然寫說：「我是個醜女！！！『晟』應該不會喜歡我吧！」不過事實上她真正喜歡的人是「傑」。有一次「傑」從四樓摔到三樓半，她還和媽媽到醫院看他，卻發現他在家裡休息，只是掉了兩顆門牙和下巴受傷，「之前聽別人說他傷得很重，現在很慶幸他只有小傷，真是太好了！」

小草告白說：「我發覺我不但喜歡傑，也喜歡晟，而屏喜歡傑了，所以我決定只喜歡晟就好了，不然我這樣就是腳踏兩條船！所以現在我只喜歡晟！」但是不到一個月，小草又說：「考完期末考大掃除那天，我在看《哈利波特》，傑過來把我弄哭了，我把頭看窗外（為了不讓他們看到我哭了），傑就抓著我的手，他感覺我好像要哭了，所以才這樣。當他看到我哭時，就馬上拿面紙教我擦，而且如果我不擦，他就幫我擦！那天我心裡好感動，多渴望能再一次。他對我好好喔！讓我以為他是不是王傑？」

離小學畢業只剩幾個月的時候，小草說：「很多男生讓我有很多美好的回憶。不知道畢業當天我會怎樣？畢業就要和屏、傑……分開了，我要好好把握剩下的一年，還可以創造出許多美好的時光，我不能浪費了它！我喜歡傑、晟，也看以後囉！」

然而也是從這個時候開始，在後來的日記裡幾乎就只剩下傑的身影，晟好像一下子從人間蒸發了。

畢業前兩個月，小草這樣寫道：「上自然課看卡通，最讓我不開心的事，是屏到哪傑就到哪，愈看愈不爽，這就是所謂的嫉妒心嗎？看來傑一點也不喜歡我！」十天以後，她又寫下：「為什麼今天傑沒有陪我一起走呢？為什麼我有種難過？羽好像也喜歡傑，每次都保護他，感覺她好像愛傑！她還說愛翊，超花心的。我現在只愛傑而已了！現在我喜歡摺星星！不知道為什咪？我已經開始準備畢業時給傑的信跟禮物了！」日記的左側頁面畫了一個鋸齒狀的十字架，上面「綁」著一個人，看她的髮型應該就是小草自己了。十字架的前方有一張像桌子（書桌？供桌？）的東西，上面刻寫著「I Love 傑」，下面一排是紅色的「至死不渝」。整個畫面又用藍筆草草地刷出了像花又像火的紋線。

不到一個禮拜，又有另一則關於傑的：「我覺得我的嫉妒心好重喔！只要24號跟16號一起，我就粉難過……『我還是不要喜歡傑好了』，這個念頭在我腦海裡轉呀轉，每次都決定不愛傑，但後來又會愛，真不知怎麼辦？」

時間一分一秒的過去了
我對你的愛一點也沒變
在這最後的幾小時！我決定
跟你說
我……從以前就很愛你≧▽≦

喜歡跟你玩，跟你吵，跟你打，遺憾的是
偏偏不同校……我只能心裡默默的
祝你考上建中!!

畢業前夕，小草關於傑的最後的一次記錄是：「哀，我覺得傑好像不愛我，反而都只會欺負我，每次我沒怎樣，他就打我，而且他只愛屏而已，超討厭她的，果然還是如我姊講的，『虛擬世界比較好……』」

然後她就進國中了。

十月。「漸漸的開始想起『你』來了，幾個月不見，不知道你有長高嗎？上次去運動場看到三個人，不管遠看近看，其中有一個好像你，另一個像霖。就這樣來回走了幾圈，還是看不出來。結果最後好像是文他們。太久沒看到你，竟然把他們看成你……我好想你。」

國中第一個學期結束了。「我跟他，應該已經不可能在一起了吧。聽說，他交了新的女友。哈，聽到這句話，心裡好難受。現在的我，該笑嗎？還是可以讓自己一個人躲在棉被裡大哭一場？我好難過喔……這就是所謂的『曖昧』嗎？為什麼？我到底哪裡不好？在一起兩年了，雖然，我們什麼承諾也沒有，雖然，我知道我們不可能在一起，雖然……但，唯一能確定的就是——我曾經深愛過你。我永遠都不會忘了這段短暫的戀情，就把這場遊戲，當作一個經驗吧……我，真的好喜歡你。」

除了朋友，小草說，世界上最瞭解她的人是姊姊。「仙境傳說」就是姊姊帶她去網咖開始玩起來的。但是關於「仙境」，她們姊妹之間有太多的恩怨情仇。從爸爸媽媽離婚之前的分居，小草就跟媽媽住，但還是三天兩頭跑去看姊姊。有一年，小草原本要去姊姊家跨年，結果變成了去幫姊姊「練等」（仙境傳說），一練到了半夜，都快「升等」了，爸爸突然說，「太晚了！要睡了！」

小草知道，如果她把姊姊的弄掛了，姊姊一定會說，「白癡喔！幹嘛把我的用死了！」之類的話。但是如果是小草自己的死了，問姊姊，姊姊就會說，「沒差！再練就好了！」那是因為掉%的不是她，她才這樣講。可是小草認為她需要姊姊帶她，但她又同時感覺到，其實姊姊最終還是不會管她的，她要自己練。

升高中以後的姊姊變得更愛漂亮，也交了男朋友，小草說，「真羨慕姊姊，早上他騎車到家裡去接她，放學以後又陪她一起回家。」她說話的時候，臉上洋溢著姊姊的幸福。她覺得姊姊真好，可以燙「玉米穗」，可以化妝，又有男朋友，都不必作家事，零用錢也比她多，而且還可以養狗！

剛上國中沒多久，有一天姊姊帶了她的牛頭梗（鬥牛梗）Euro和迷你雪納瑞犬Coco*到家裡，趁著姊姊午睡時，她坐在書桌前觀察半睡半醒的Coco，心裡突然迸出一個疑問：「為什麼當人們假裝要打牠的時候，牠的耳朵就會垂下去，屁股也會蹲下去，然後撒嬌呢？就算牠沒做錯事也一樣。其實狗狗就像我一樣，要靠爸爸媽媽吃飯，不聽話就會被打，可是我被打時都不會撒嬌，因為我知道沒用，要嘛也要裝哭，哈哈。為什麼牠會順從我們？閉上眼睛想一想，覺得牠其實跟人一樣。我覺得狗狗好可憐，之前還聽說有人賣狗肉**，幹，他們是人嗎?!」

小草很愛姊姊，還在小學的時候，她就會把校外教學時買的漢堡帶回來給姊姊。我們一起去龍門吊橋騎腳踏車（這是小草最喜歡的運動），她也是有東西都會先和姊姊分享，有事先徵詢姊姊的意見。雖然，她也曾經因為「腳踏車事件」狠狠地咒罵過姊姊。

「馬的」(2008.9.24)

幹！今天是怎樣啊?!

早上姊姊原本說她要騎車去捷運，結果她根本就沒騎，還說今天要給我騎，鳥屎啊！聽妳在放狗屁。明明就說今天妳要騎，後兩天都不騎，白目……

結果我去爸爸家，爸爸說姊姊很忙，要幫忙倒垃圾。幹你娘喔，機歪殺曉……結果仙境又一直掉%，掉了30幾%。幹幹幹幹。

晚上姊姊假裝要念英文，不讓我用電腦，叫我回家！當我白癡嗎？以為我不知道妳要做什麼喔？還不是因為我用過仙境。每次被發現，妳還不是都推給我……

我真希望妳不是我姊姊，是我同學！姊姊自私、小氣、白目、智障……幹！

小草的出口成「髒」，我是沒見識過，但是據姊姊說，在家裡（爸爸不在的時候）她真是說得很溜。我問小草那是不是真的，她說，「沒有啊！」我就告訴她小學畢業旅行去墾丁的事。我們幾個同學在社頂自然公園裡亂走亂逛，公園真無聊，於是大家七嘴八舌隨便編一些譁話，還不時夾雜著幾句高分貝的「三字經」，那是當時最流行的口頭禪。我剛才脫口罵出一句，迎面就遇到兩個阿公阿嬤，那個阿公很客氣，但又不失威嚴地用國語問我們，

「小朋友你們是哪裡來的啊？」每個人都大聲應答，「台北！」

「妳看，我們也是很可愛的。可是就在那一瞬間，我突然覺得自己好丟臉，一個台北囝仔跑到南部說髒話……」在我和小草講這些事的時候，我都還感覺得到當年自己的尷尬，臉上發熱。「說髒話是一種習慣，妳不說，久了自然不會再說。」

一時的氣話歸氣話，小草還是喜歡黏人，一會兒姊姊長，一會兒姊姊短的。今年除夕，她媽媽決定不讓她回台東，她在網誌裡寫說：

今天，除夕夜了
以往，我都會回台東……
唯獨今年，我沒回去
跟媽媽在家裡，感覺，好像少了什麼
我，也好想回台東喔
想跟姊姊在一起
但，又不想讓媽媽孤單的在家
到底，為什麼要分開呢？

前年回台東，小草看到了愛喝咖啡的小姑姑帶回去的「咖啡」，雖然才三個月大，但只要說「sit」，牠就馬上坐下。從那時候開始，小草滿腦子都想著養狗的事。不過媽媽說養狗不是她想的那麼簡單，媽媽還說她小時候也養過，有一次讓牠出去玩，因為在地上亂吃東西，回家口吐白沫就死了。媽媽是怕她養了狗又害死牠。後來是小草央請媽媽先借幾本狗狗的書給她看，不過看完之後，她更想養了，「雖然很麻煩，但是很值得。」

終於，媽媽答應讓她養狗，只不過要等兩年，因為欠舅舅的錢還沒還清。聽到媽媽說可以養狗，小草好開心，「這樣我有什麼心事，心情不好的時候，就有狗狗陪我把不好的心情打跑。真希望兩年後快到！」但是也許她心裡曾經閃過一絲絲陰影？就像她小六的「那次」畢業旅行：「我竟然沒去!!哭死……哇哇，為什麼不讓我去呢？明明才2600元！算便宜了。跟同學去比自己去或跟家人去的感受不一樣！我希望每次的家族旅遊，同學可以一起去！因為有位同學這次去畢業旅行是第一次住飯店！2600元對大人不算什麼！為什麼不讓我去呢？我真的真的好想去喔！我寧可家族旅遊不去，也要去畢業旅行！為什麼不讓我去呢？到底為蝦咪？」

我說小草心中也許閃過一絲陰影，並不是空穴來風的臆測，因為她自己在日記裡就抱怨過：「不管是國小的畢旅，還是國中的戶外教學，每次還不是說一堆藉口，不讓我去就算啦！害我每次還滿心期待地問妳，結果每次得到的答案都一樣。哈哈，我好想罵自己是白癡，明知道她一定會說那些話，結果每次都會失望一次，說妳功課怎樣怎樣。啊，我就盡力了啊！我最近英文都很努力的背呀！所以才考得比較好。結果『妳』還不是用同樣的話應付我。我真的好想罵我自己真的好白癡喔！」

我想，剛上國中的那一陣子，小草內心的壓力一定是非常非常大。就在「罵」完姊姊智障的日記的隔天，她又寫了一篇「If」：

> 我能聰明一點，我分數能考好一點。我文筆差，國、數、歷寫得一點也不好，文章根本就像小孩寫的。哈哈，我好難過，我也想變好呀，有誰不想？我本來就是六年級的，妳以為我想當國一的嗎？姊姊文章好，我也贊同，我文章不好，我也說是，反正我就是智商低、腦子不好、白癡、笨蛋，哈哈，總算被我發現，反正我讀書也讀不好，我去當台妹好了。為什麼我要活在這世上？我好煩，我好笨，我好難過，我……

又有一次，小草無意間聽到媽媽和姑姑在電話中聊起姊姊和她……

「哭紅了眼」(December 18, 2008)

是啊！我，我遠遠比不上姊姊！永遠比姊姊爛！我承認
對啊！大家，大家總是都比我好
我，永遠都是最爛的
我，永遠都是被討厭的那一個
沒辦法，這是事實
沒辦法，這就是，殘酷的現實社會
我……好難過
我努力過了
但是，終究，還不是一樣?!
妳不是一直說，我比姊姊爛！我什麼都不好？
那麼，我的努力，我的成果
以及，妳的稱讚都是，假的囉?!
那麼，又何必讓我開心呢？
直接告訴我，小草，妳是最爛的
我也不會那麼難過

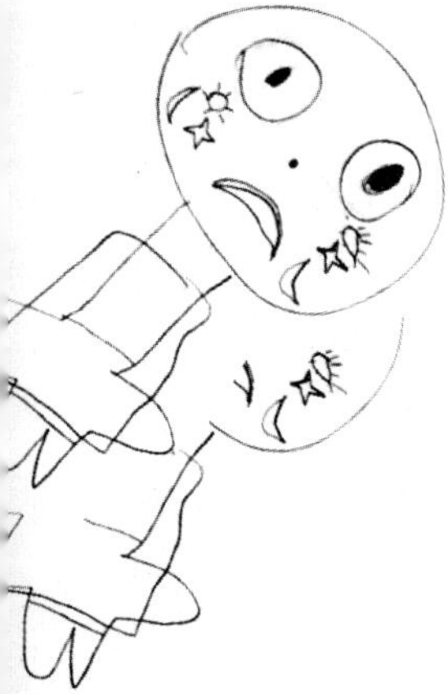

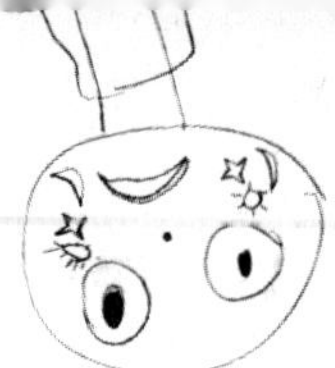

我知道，我永遠，都是最爛的
永遠永遠，都是大家討厭的人
謝謝妳！媽，妳，讓我發覺了，自己的愚蠢

我在她的網誌中讀到這一段時，心裡想，她媽媽一定沒看過她的部落格（日記就更不用說了）。不過有發洩總比沒地方發洩好吧，就算「哭紅了眼」，隔天的小草還是同一個小草。

其實啊，小草，妳媽媽「絕對」不是「那種人」。阿姨（我太太）是妳媽媽的高中同學，我從妳媽媽讀大學開始也認識她了，那時候妳們都還沒出生呢。妳媽媽是我們認識的人當中最最單純的人，阿姨和我都同意，她是一塊「璞玉」。「璞玉」，妳知道吧？可惜沒有遇到對的人。

不過也許我根本不必為小草（或她媽媽）擔心，因為就像她也曾經那樣罵過姊姊，但是家人畢竟是家人。她只是需要一點發洩。也許啦，她需要的不只是「一點點」的發洩。

小草的媽媽聊天的時候告訴過我，說小草最想當「一般人」。我就找了機會單獨問她以後想做什麼？她回答：「就在家裡開心地洗衣服、掃地，然後去買東西，現作午餐，送到學校給我的孩子，還是熱騰騰的……」

「妳是說『家庭主婦』啊？」

「什麼是『家庭主婦』？」小草的嘴巴又尖起來了。

「就是在家裡工作，等先生賺錢回來，家裡的事情全歸妳管。」

「對啊！」

「可是妳媽媽說妳最想當『一般人』？」

「是啊！當『一般人』最好了！」

「什麼是『一般人』？」

「就是和大家一樣啊！功課不用太好，工作不會太多，錢也普通，夠就好了，吃飯啊，睡覺啊，看電視啊，玩啊，騎腳踏車啊，反正就是一般人會做的事！」

「妳是說，和路人差不多，一眼看過去，大家都不會注意到妳？」

「是啊！就是很一般的人嘛！」

「那當『一般人』有什麼好的？」

「不用做很多事，也不用做得很好，只要『一般』就可以了。」

「所以妳以後是想當『家庭主婦』，還是『一般人』？」

「哎呀！就是當一個很『一般』的『家庭主婦』嘛！『一般』就好

了！」

這個嚮往著「一般人」生活的小草，可一點都不一般。想想她寫的、說的那些髒話出現在一般人家裡，只要一次就夠了，不鬧出人命（或者革命，就看誰的氣頭更大）才怪。就是這個一般又不一般的小草，很在意鼻子和嘴巴之間看起來像鬍子的一列細毛，也刮過手毛和腿毛，還一度很想和小學同學們一起抽菸（她有一次問我，抽菸好不好）。但也正是這個只想做「一般人」的小草，完全不排斥媽媽讓她每個周末去上「讀經班」，背〈弟子規〉。

讀經班不太解釋，只是讀，她媽媽有空的時候得自己教，她覺得現在的孩子在學校學不到作人處世的方法、沒有規矩，她對此憂心忡忡。不過也許還有讓她更要憂心的。

「弟子規」（缺日期）

最近媽媽教我念弟子規，裡面印象最深刻的就是「勢服人，心不然，理服人，方無言。」呵～意思大概是，如果因為你的權勢比別人大，而強逼別人服從，對方就會口服，但心不服。只有用道理說服別人，別人才會沒有怨言。

就像媽媽，每次都仗著自己是長輩，所以我心裡就不高興……=_=

在這篇「弟子規」的日記下面，小草自己又加了「P.s. 好像有時候寫字，會寫的很漂亮，愈寫愈順耶。嘿～」

看來，我的憂心也是多餘的。

在捷運車上，有一次我問小草，「什麼樣的人最讓妳佩服？我不是問『哪一個人』，而是『什麼樣的人』？」

「聖賢。」

「什麼『賢』？」車廂震動的聲音太大，我沒聽清楚。

「聖賢。」

「什麼『聖賢』？」因為腦筋怎麼也沒轉到她說的同一條線路上去，我根本沒想到她的回答會是「聖賢」。

「就是『聖人』啊，很『賢』啊，那種『聖賢』。」又是尖尖的嘴巴。

「『聖賢』？哦，為什麼？」

「他們很厲害，說的話都很有道理，你一定要聽。」

「可是像有些人籃球打得很好，有些人很會吹直笛，有些人賽車，有些人書法很棒……」

「他們也很厲害，可是和『聖賢』不一樣。『聖賢』懂很多道理，他們什麼都知道。」

也是同樣這個懂得敬畏聖賢的小草，作出了她一生中最得意的傑作——蹺家。那是她小學六年級的事。

她完全明白，放學以後她應該直接回家，媽媽在六點半左右就會到家了，但她最終還是忍不住跑去和同學一起打球。打完球，一群人接著到開電動玩具店的同學家打電動。當她注意到時間已經九點鐘了，驚覺地說「應該」要回去了，但是同學們留住了她，「再一下下沒關係」。「再一下下應該沒關係」，她心裡想，九點和九點半，差不多吧，但是她並沒有想到應該打電話給媽媽（反正一定會挨罵）。過了九點半，她和另一個女同學心裡開始害怕，「這時候回去，一定慘了。」兩個人一樣的心思。於是一方面擔心受怕，另一方面卻又繼續耽溺在打電玩的忘我之中。十一點了，同學們有人吆喝著再去打躲避球（他們中間有幾個人是校隊成員，包括小草），於是他

們又回到學校。

籃球場上有兩個人在打籃球，找他們單挑，兩個男生陪那兩個人PK，其他人打他們的躲避球。PK的人回來了，大獲全勝，大家都很HIGH，小草也是。過了午夜，大部分人都要回家了，只有小草和另一個女生沒地方去，兩個人杵在路口，妳看著我，我看著妳，這個問那個，「妳說咧？」那個回答這個，「那妳說咧？」最後是一個同學建議去住她家。

去了都睡不著，就打開電腦玩遊戲。家裡開窗簾店的女同學和她哥哥都撐不住了，拉了一條窗簾就在地上睡了，最後只剩下小草一個，一路打到早上八、九點。我問她，「都不用吃東西？」小草說，「不餓啊！」天亮了，同學們醒了，想一想，家還是要回的，不可能一直這樣下去，於是就各自回家了。

小草蹺家的故事，我先前就聽過她媽媽的版本。她媽媽當然是擔心得不得了，以為女兒被拐騙綁架了什麼的，還和警察追到了那家電動玩具店，只不過她們前腳剛走，媽媽後腳才到。她媽媽打了整夜的電話，就是找不到人。警察也完全沒辦法。

「妳就不擔心妳媽媽會擔心嗎？」我問小草。

「可是她一定會知道我和同學在一起啊！」

「妳不說，她怎麼會知道呢？而且她怎麼會知道你們去哪裡？」
「哎呀，我常常覺得大人比較懂大人，小孩子比較懂小孩子。」
「？？？」她想說什麼呢？
「就是大人都不懂小孩子啦！」
看樣子，小孩子也不懂大人。
小草對我說起這件事的時候，我們剛從中正紀念堂後面巷子的小籠包店吃完飯出來，她媽媽和我太太漫步走在後面。小草說話的聲音一向很小，中間有好幾次我都要指著我的耳朵告訴她，「我的耳朵在這邊。」
「這是我作過最帥的事！」這是她的結論。
廣場上的風呼呼地吹，我感覺自己童年時的某種野性好像被重新召喚了出來。

就是這個蹺家的小草，在板橋捷運站前突然問我，「一切有為法，如夢幻泡影，如露亦如電，應作如是觀」是什麼意思？我對她解釋了什麼是「法」，什麼是「有為法」，什麼又是「夢、幻、泡、影」、「如露亦如電」。小時候爸爸教她和姊姊背過《金剛經》。我順著問她，是不是也背過《心經》？懂不懂？她說應該還記得，但是全部都不懂。於是我解釋了「觀自在菩薩，行深般若波羅蜜多時，照見五蘊皆空」，才說了前面十六個字，後面那「五蘊皆空」根本來不及。

那一天回家的路上，我對我太太說，「不知道為什麼，她讓我想起了《水滸傳》裡的魯智深，某些時候又像李逵。」也許更像李逵，有一種黑色喜劇的味道，只是李逵說話的方式要改成像「電車男」那樣子的網路語言。小草之所以問起「一切有為法」，是因為想把它寫進作文裡，「會加分喔！」她的嘴巴又翹起來了。

早讀一年的小草其實還是國小六年級的身材，和她同齡的女孩子現在的確都還是快樂的小學生。她在小六的寒假中，為自己許了三個鼠年心願，第一個是「希望能養狗」，第二個是「希望能跟媽媽在一起」，第三個願望是「希望我跟媽媽、狗狗一起死（不要只有一個人先死）」。不過，她把「三大願望」的「望」字寫成了「忘」。

哇哩咧。

*

牛頭梗，也就是漫畫《家有賤狗》那一隻，有人形容牠是豬頭配上老鼠尾巴，所謂「豬頭」指的就是牠那表面光滑、沒有任何凹陷或凸起的蛋形頭。

根據美國和加拿大「狗服從能力」鑑定專家們的統計意見，以狗的工作技能和服從能力，換句話說，也就是人們常說的可訓練性來看，迷你雪納瑞犬位居「前20%最易訓練的狗」的第二名，而鬥牛梗則在號稱「最難訓練的20%的狗」之中排名倒數第五。

事實上「可訓練性」只是狗專家對狗狗「個性」研究的其中一項，完整的「狗性」研究包含了十三項不同的個性特徵，分別是：一般的活動性、興奮性、過度咆哮的可能性、對其它狗的進攻性、咬兒童的可能性、對主人的支配性、領地的防禦力，看門時的犬吠程度、破壞能力、有趣的程度、對關注的需求程度、可訓練性，以及被訓練不隨地大小便的難易程度。以「興奮性」為例，專家們要回答如下的問卷：「狗在正常的情況下會很冷靜，但是在某些時候會變得非常激動，比方說門鈴響時，或它的主人向門口走去時。狗的這一特徵讓某些人非常反感。請將狗的種類按照從最不容易激動到最容易激動的順序進行排列。」諸如此類。而通過觀察狗狗在與(1)家庭成員、(2)兒童、(3)陌生人，和(4)其它的狗之間交流情況的表現，狗專家也得以評價狗狗們的社交性。

這個「狗性」研究的結果很有意思，原來狗的某些性格差異主要來自於狗的性別，而不是狗的種類。整體而言，公狗更容易顯示出對主人的支配性和對其它狗的攻擊性，牠們往往也更有趣、具有更高的一般活動性和領地防禦力，但是公狗也更容易攻擊兒童。相對地，母狗在服從訓練中表現得更好，而且也很容易進行不隨地大小便的訓練，同時牠們對關注的需求也更高。在興奮性、看門時犬吠的程度和過度咆哮的可能性方面，公狗和母狗則沒有顯著的差別。

我把涉及到迷你雪納瑞犬和牛頭梗的幾個單項數據抄錄在這裡：

「一般的活動性」：迷你雪納瑞犬高；牛頭梗沒有列入高或低的排名。

「興奮性」：迷你雪納瑞犬高；牛頭梗沒有列入排名。

「過度咆哮的可能性」：迷你雪納瑞犬高；牛頭梗沒有列入排名。

「對於其它狗的攻擊性」：迷你雪納瑞犬高；牛頭梗沒有列入排名。

「咬兒童的可能性」：迷你雪納瑞犬高；牛頭梗沒有列入排名。

「對主人的支配性」：迷你雪納瑞犬高；牛頭梗沒有列入排名。

「領地的防禦力」：迷你雪納瑞犬高；牛頭梗沒有列入排名。

「看門時犬吠的程度」：迷你雪納瑞犬高；牛頭梗沒有列入排名。

「破壞能力」：迷你雪納瑞犬和牛頭梗都沒有入選高低排名。

「有趣的程度」：迷你雪納瑞犬高；牛頭梗沒有列入排名。

「對於關愛的需求」：兩者都沒有入潠排名。

另外，在表現控制欲的「具有很高控制性」和表達友誼的「社交性」這兩個相互對立的個性方面，在超過130種狗的有效數據中，牛頭梗屬於「具有很高控制性」的狗，而迷你雪納瑞犬則在兩個項目中都沒有名列前茅。

由於性別和犬種是由遺傳所決定的，所以專家們猜想，至少在一定程度上，狗的個性應該取決於遺傳，研究人員的確也證實了狗基因對於各種個性特徵的重要影響。研究人員還嘗試進一步繪製狗的遺傳密碼，就像人的那樣。狗和人還共同具有一些源自個性混亂的心理學問題，例如狗身上的恐懼感和分離焦慮就和人類對於社交、依戀問題的擔憂非常相似。反過來看，某些對人有效的治療方法對於狗狗來說也同樣適用。

狗專家還通過對幼犬舉動的觀察，來預測牠成年之後的行為。事實上，關於幼犬性情的測試，也被一些狗飼養者用來為某些特殊家庭或特殊環境選擇合適的狗，儘管那些測試大部分都存在著實驗對象太少或者普遍性不足的問題。

不過，個性其實不完全受基因決定，也許更重要的因素，在於狗的社會化過程。那些還在狗窩中就顯示出強烈的激動和恐懼感的幼犬，在長大之後確實很可能也是非常容易激動和害怕的，但是這些差異會達到什麼樣的極端，則取決於幼犬離開狗窩以後，在新家中的早期飼養環境和社會化的程度。換句話說，基因雖然會使幼犬偏向某種個性類型，但是狗的飼養者和之後的狗主人在早期生活中帶給牠的經歷，才最終塑造出狗狗的主要個性。

（參考Stanley Coren, How Dogs Think: What the World Looks Like to Them and Why They Act the Way They Do? 中譯本：江天帆、馬雲霏

譯《狗智慧，它們在想什麼》，北京—三聯書店，尤其是第十、十一章。）

** 早在先秦時期，中國人就把狗也當成食用肉類的一種。〈孟子・梁惠王〉記載孟子和梁惠王的對話，孟子說服梁惠王行仁政，曾經建議說：「雞豚狗彘之畜，無失其時，七十者可以食肉矣。」狗和雞、豬一樣，是養來吃的。

我們家的樸子

劉樸是我妹妹的女兒。

剛出生沒多久，劉樸就給附近的保姆帶，二十四小時的。還不到一個月，就在聖誕節假期的前夕，保姆突然打電話說她要放假。小妹因為上班請假臨時調不開，希望她能多帶那幾天，結果當天晚上保姆就把劉樸送回來。可憐的保姆再也受不了了，她兩眼通紅，一看就知道長期沒好睡。回到新民路以後的劉樸一直哭，小妹解開尿布，發現兩邊的屁股全沾了大便，都已經紅紅腫腫的。可憐的劉樸就這樣一直拉一直拉，一直哭一直哭，也不知道多久沒換了。

後來小妹只好把劉樸帶回民族街給我媽媽和大姊帶。可憐的阿嬤和大姨帶了幾個月，也撐不下去了，因為劉樸白天不睡覺，晚上也不睡覺，而且每天都哭，不僅白天哭，夜裡哭得比白天更凶。她只要人家抱在手上、揹在肩上。一旦家人看她好像睡了，把她放回床上，她馬上驚醒，醒來接著又哭。真真沒辦法了，大家只好輪流帶，有時候三更半夜還要打電話回新民路，讓小妹他們立即來人帶回去（可憐的小妹）。

就這樣，在那一兩年之間，劉樸把全家大小都折騰過了一遍（幸運地，我那時候已經結婚，搬住在外面；結婚和住外面都很幸運）。最後是我媽媽建議帶她去「收驚」。我們都覺得那些民俗療法不會有用的，但還有別的選擇嗎？難道把劉樸送人（可憐的人）？就這樣，我媽媽一個人把劉樸帶去行天宮。沒想到收驚之後的劉樸真的愈來愈少哭，慢慢地，最後竟然幾乎不哭了，只會笑。一笑就直到現在。小妹說，「應該是那幾年把一輩子該哭的都哭完了吧，現在只會笑。」只會傻笑。

一兩歲時候的劉樸長得像男生，為了提醒大家她是女生，小妹總是讓劉樸別著紅色的髮帶或髮夾。劉樸小時候不胖，只是肉還滿結實的，抱起來「很沉」，笑起來總是一臉爽朗、天地開闊，配上一對招風耳。

劉樸很能走路，還不到三歲就常常跟著阿嬤東奔西跑、爬陽明山。有一次我媽媽帶她一起到懷德街找我們，還沒上三樓，劉樸就在二樓三樓間的樓梯口哭了起來。我媽覺得奇怪，最近都已經不哭了，怎麼來看舅舅、舅媽又哭了。弄了老半天，才發現劉樸在民族街的時候，我大姊老是恐嚇她不准碰這個碰那個，尤其是我放在家裡的書，說一些像「舅舅會罵妳哦！」或者「舅舅會打人哦！」的話。她和阿嬤上到二樓，阿嬤對她說，今天來看舅舅，她就臉色大變，抵抗著不肯進門。

劉樸提早進幼稚園，雖然才「小小班」，但是個子高大，總是被誤作高年級生。有些老師沒弄清楚，就覺得這孩子長這麼大，怎麼這麼幼稚。幼稚園中有一個老師很變態，遇到不乖的小朋友愛說話，就用膠布把小孩的嘴巴黏起來；另一個老師則是警告他們要塞他們奶嘴，還騙他們說奶嘴上面塗了辣椒或者沾了馬桶的水。偶爾劉樸也會被罰站「蘋果樹」。

升中班以後，劉樸還是一樣動作慢極了，一碗飯有一口沒一口的，可以吃到幾個鐘頭。老師沒耐性，只好教小班的同學餵她吃，可是她的個頭仍然愈長愈大。我問小妹到底怎麼養的，這麼壯？妹夫正經地回答我，「都是用牛肉打成汁，喝牛肉汁。」真的假的？

我是劉樸，我的媽媽在秀傳醫院當了二十年的護理長，爸爸每天等我們倆回家吃飯，我喜歡跳舞，也會彈一手好琴。我的小名和綽號：牛皮子、阿樸子、樸、樸樸、小樸。

我的長相：ㄅㄧˊ子挺挺的（可是有一次撞了一下淤青了），我的眼睛是單鳳眼，有點兒大大的，又是內雙，耳朵也大大的，眉毛也細了又細、淡了又淡，頭髮也好長。我有一個美滿的家庭，現在也是。我好愛我的家人，我會幫大家服務如：照顧受傷的同學等等。（老師在旁邊又幫她加了幾項：安慰難過的同學、借文具給同學。）

我的專長：（和ㄒㄧㄥˋ趣有些一樣）打球、倒立、打掃、彈琴、跳舞。

我未來的期望：我一直好想要當個獸醫，因為我好喜歡小動物。

老師對這篇作文所勾選的缺點是：「表達呆板」。我倒覺得很生動

啊，像她自己加的兩個括弧，還有那句「現在也是」。劉樸後來養過兩隻「老公公鼠」，還給牠們買了房子。她幫老鼠洗澡，差一點把老鼠淹死。颱風天她把老鼠帶出去，看看牠們會不會濕掉。沒事她就過去逗弄逗弄，弄到後來老鼠看到她就害怕，她一靠近，老公公鼠就爬上滾輪，愈跑愈快。

劉樸在家裡習慣了家人的親親抱抱，剛進幼稚園碰到每個同學，不管男生女生，她都主動跑過去要親人家，常常把其他小朋友弄哭了，看到她就躲。老師尷尬地打電話對小妹說，希望他們能請劉樸節制一下，「因為有些小朋友會很介意。」

四歲左右，幼稚園老師打電話來，要我妹妹注意，因為「劉樸會跟石頭講話。」小妹說，他們帶她的時候都教她和小花小草講話。

由於在幼稚園待太長了，她就像一個元老，對那裡的一切都心生懷念。但是這種深厚的情誼卻影響了她和小一、小二同學的感情，因為她始終念念不忘以前的「老朋友」。她的懷舊之心是熾烈的。

我的書桌（三年級作文）

廣　告　回　信
台灣北區郵政
管理局登記證
北台字第15949號

235-62
台北縣中和市中正路800號13樓之3

印刻出版有限公司　收

讀者服務部

姓名：______　性別：□男　□女

郵遞區號：______

地址：______

電話：（日）______（夜）______

傳真：______

e-mail：______

INK

INK PUBLISHING

讀者服務卡

您買的書是：______________________________

生日：________年________月________日

學歷：□國中　□高中　□大專　□研究所（含以上）

職業：□軍　□公　□教育　□商　□農

□服務業　□自由業　□學生　□家管

□製造業　□銷售員　□資訊業　□大衆傳播

□醫藥業　□交通業　□貿易業　□其他________________

購買的日期：________年________月________日

購書地點：□書店　□書展　□書報攤　□郵購　□直銷　□贈閱　□其他

您從那裡得知本書：□書店　□報紙　□雜誌　□網路　□親友介紹

□DM傳單　□廣播　□電視　□其他

您對本書的評價：（請填代號 1.非常滿意 2.滿意 3.普通 4.不滿意 5.非常不滿意）

內容______　封面設計______　版面設計______

讀完本書後您覺得：

1.□非常喜歡　2.□喜歡　3.□普通　4.□不喜歡　5.□非常不喜歡

您對於本書建議：

感謝您的惠顧，為了提供更好的服務，請填妥各欄資料，將讀者服務卡直接寄回或傳真本社，我們將隨時提供最新的出版、活動等相關訊息。

讀者服務專線：（02）2228-1626　讀者傳真專線：（02）2228-1598

我有一個大書桌，它雖然是一個普通的書桌，可是跟我卻有一種深厚的感情。那是我上幼稚園的時候買的，現在還有保留著。雖然爸媽都叫我把它丟掉，可是我死都不願意！

它有兩個大抽屜，其實有時候我還會把桌上零亂的東西通通塞進去呢！這兩個大抽屜幫了我好大的忙，因為有它，我的書桌桌面才能常保整齊、乾淨呢！我每天都在書桌上寫功課，有它的幫忙，我才能將作業順利的完成，它也一直是我念書的好夥伴。

不過我最喜歡的事是在書桌上畫圖。每當我坐在書桌前，好多畫圖的靈感總是不斷的湧出，我就可以一張接一張的畫不停。

我的書桌雖然不再漂亮了，但是它陪我度過一段又一段的美好時光。親愛的書桌，我會好好愛護你，和你分享我的喜、怒、哀、樂！

讀劉樸二年級時的「小日記」，常常教我忍俊不禁。

大家好！我是二年三班劉樸我最喜歡去上學和ㄐㄧㄠ朋友，下課後我最喜ㄏㄨㄢ看ㄉㄧㄢˋㄕˋ了和吃水果了喔！還有最重要的是睡

ㄐㄠˋ，我有兩顆兔子牙喔很ㄑㄧˊ妙吧ㄏㄟㄏㄟ！（二年級的國語作業）

（老師評語：題目不見啦！）

今天是一個風和日ㄌㄧˋ的好日子，太陽公公都笑咪咪的呢。「真的嗎」媽媽問，我ㄐㄩˊㄝ得好像媽媽是小ㄏㄞˊ子一樣，每天都ㄔㄢˊ著我好ㄇㄚˊㄈㄢˊ・ㄛ。（無題）

（老師評語：媽媽陪你玩還煩・ㄛ，真是沒良心！）

我喜歡香ㄐㄧㄠ。因為它烤起來很香而ㄑㄧˇㄝ還適合給老鼠吃呢！香ㄐㄧㄠ是一種很好的水果，它有安定神經的功ㄒㄧˋㄠ真的很好吃喔！（題目：我喜歡什麼水果）

（老師評語：香蕉給老鼠吃太可ㄒㄧˊ了吧！）

上次去澳門的時候我們到了房間放了行李準ㄅㄟˋ到外頭ㄍㄨㄤˋㄍㄨㄤˋ（去大三巴牌坊）之後我們發現那裡有好多好多的賭場，也有西洋ㄈㄣˊ場，我們坐在計程車上ㄍㄨㄤˋ來ㄍㄨㄤˋ去我們到了

防空洞地上有很多看不到的ㄈㄣˊㄇㄨˋ。（無題）

（老師沒有評語。）

我這學期常常有很多的作業來不及完成，我想可能是我的動作太慢了點。星期四晚上8:30我把作業拿給媽媽看：「看完了。」媽媽說，她皺著眉頭說：「樸！妳怎麼又有作業沒有完成呢？」（無題）

（老師的評語幾乎和她寫的一樣長：1. 你發呆的時間很長，常沒聽進老師的指令。（起步慢）2. 完成作業時分心，沒認真做。3. 你的動作沒有比別人慢。小妹和妹夫的評語則是：劉樸根本不是「寫」字，是「刻」字，每個字都一筆一畫地刻。）

我的喜好就是倒立、休息、寫生、畫畫和睡覺。可是我最愛的還是看電視，雖然我知道電視看久了眼睛不好可是我還是常常會忍不住看電視。所以我也覺得自己是電視兒童，這一點我想還是要節制一些才好。（題目：日常喜好）

（老師評語：要注意坐ㄗ及ㄐㄩˋㄌㄧˊ，並記得要讓眼睛休息。劉樸回答：是的！）

小學二年級的時候，有男同學惡作劇，把削鉛筆屑倒在她頭上，她很難過，但又不敢當場和那個男生講。回家以後告訴爸媽媽，她爸媽就要她自己打電話給那個男生，說，「如果妳不打，那麼我們就打給他爸爸媽媽，他就會被大人處罰。妳要自行解決。」於是她就打了電話告訴那個男同學，「你今天把那個倒在我頭上，我不喜歡這樣，你下次不要這樣。」

度過了一、二年級的「青澀」與「苦悶」，三、四年級的劉樸和同學簡直好到不行。不過也發生了這樣的事情：有兩個男生很調皮，把她拖倒在地上，拉著要走下樓梯。她向老師報告，老師怕事情鬧大，只是輕輕地告誡那兩個男同學。回家以後，我妹妹他們也是教她自己打電話去解決，告訴他們不可以這樣。隔天，小妹還跑了一趟學校去等那兩個小朋友，親口再告誡他們一次，但是其中一個那天沒去。再隔一天，我妹夫就自己出馬到劉樸班上等那個小男生。還是沒來。只好找到老師、問了住址，親自登門拜訪。結果發現小男生是單親家庭，家境很不好，和阿公一起住違建。我妹夫就對他說，「你長這麼高大，應該要保護她才對」，他以一個男人對「男人」的方式說，「以後你就要負責保護劉樸，如果劉樸有什麼事情，你就要照顧她。」

後來這個男生就完全改了。有一次上體育課前，劉樸不知道跑哪裡去，回到教室，發現班上同學都不見了，她又到處找不到人，急到快哭了。那個男生就跑回教室找她，她感動得大叫他的名字。

可惜的是，升五年級以後又要分班了。所以升五年級以後，她們三、四年級的同學如果在學校碰面，她總是對她們又摟又抱的。有一次劉樸在校內遇到以前的同學小柔正好從樓上下來，她衝過去一把就抱住人家，但是因為劉樸高，小柔矮，正好勒著小柔的脖子，小柔就一邊抱一邊大喊，「我的脖子！我的脖子！」不過劉樸實在太興奮了，聽成小柔叫她，「我的樸子！我的樸子！」於是馬上回應，「啊，我的柔子！我的柔子！」小柔又繼續大叫，「我的脖子！我的脖子！」劉樸就愈抱愈緊，差點沒弄斷。

小四的時候，學校出作業要他們讀一本書《小四的煩惱》，然後回答問題。問題卷上第三題問的是：「現在的你有哪些煩惱？你如何解決它們呢？」劉樸的答案是：「我的煩惱是長得太高。和同學站在一起時，儘量蹲矮一點。」

每當假日，我都會和爸爸悠閒的到小公園散步。在走路的時候，壓力彷彿一掃而空，讓人有輕盈的感覺，一邊吸著芬多精，一邊欣賞沿途綠意盎然的風光，使得心情也跟著愉快起來！

有時候我會以迅雷不及掩耳的速度將雜事迅速完成，接著享受個人時光！我最愛在這時候欣賞「小小劇院」中的電影，尤其是偵探卡通，因為和劇中的偵探一起尋找案子的真相，真的是很有趣的一件事。

只要在炎炎夏日的假日，就忍不住想咬一口冰涼涼的冰棒，讓人彷彿在人間天堂似的快樂！每件我愛做的事，都有它特別的意義，其實我最喜歡做的事，就是和大家共同分享我「最愛做的事」。每當和別人分享時，就覺得自己找到知音了呢！

五年級以後另一個男生喜歡她，兩個分別是班上男女生最高的。學校吃營養午餐打菜，那個男生就對打菜的人說，「我馬子去上廁所，這飯可不可以打多一點。」不過劉樸有一次直接對他說了這樣的話，「我不可能喜歡你的。」儘管如此，我妹妹說劉樸還是會利用人家。

老師規定吃飯不能剩菜，要吃到不能吃了才能拿去丟。那個男生剛好是負責把關的，要他點了頭，才能把剩的東西倒掉。劉樸有時候不喜歡吃，就拿過去「不小心」倒下去，男生說，「吔，我又沒說妳可以了！」劉樸就說，「哪有，你剛才明明就ㄜ，可以啊！」

劉樸很大方，考試的時候只帶了兩支筆，旁邊的同學剛好兩個都沒帶，都向她借，她借了這個又借了那個，結果自己沒有筆寫考卷，她也不想向她們要回來，就那樣呆坐著。後來是老師借給她。那次的成績當然很爛。

五年級的戶外教學，他們去了新竹縣芎林鄉的碧潭國小，高個子劉樸在那裡學會了踩高蹺。然後在「第一棧」餐廳吃完讓她讚不絕口的客家美食後，就在樓下「擣擂茶*」（得到第三名）。回台北之前的最後一站去了北埔老街，當同學們大肆血拚採買紀念品之際，她也為自己買了一枝冰棒和一大罐剝皮辣椒。她在事後的「城鄉交流記」中說：「我覺得這次的收穫真的不小。」不曉得指哪一項？

劉樸走路總是跳啊跳的，一個不小心就變成了地上一個大大的「大」字。她的「混沌」是與生俱來的，小學二年級的老師就常常在她的作文簿上批示：「ㄇㄧˊㄏㄨˊ小姐」、「你不要太ㄇㄧˊㄏㄨˊ就能考好」。直到小六了，也是校內最資深的學生，她被選出來在校慶中擔任「掌旗官」，不過她仍然本性難改。

逸仙生日快樂（2008.11.16，六年級作文）

今年的校慶終於到了，我從前天就像熱鍋上的螞蟻，翻來覆去的睡不著覺，尤其是校慶的前一晚，更是讓我一點睡意也沒有。這次校慶的主題好像是校友聚會一樣，把好多家長都吸過來，當然我爸爸也不例外。當我們第一班群的第一個排頭實在不好玩，這種感覺在所有人盯著我們看時尤其熱烈。表演完了，我和佳琪這兩個被看中的掌旗官立刻換上背心、手套，上台拿校旗。本以為一切都很順利的我，卻在台下出了差錯。「不是要走了嗎?!快喊！」一個細小的聲音在我耳邊傳來。「立正、敬禮、禮畢！」我快速的念完。就要轉身離開，主任比手勢叫我轉回去，我以為主任叫我過去，於是我就走過去。「別動！」主任嚇了我一跳，我踩到自己的鞋帶，往後踩，又踩到佳琪的鞋子，現場一片混亂……

我妹妹的同事有一個朋友在電視台開了一個節目「小學生最大」，是小學生專屬的談話性節目。我妹妹幫劉樸拿了一張報名單，她用「最活潑大方的句子」來描寫自己的個性，果然入選試鏡。試鏡的當天，她「緊張得心臟快從嘴巴跳出來」，但在作完自我介紹以後，卻陷入了她完全無法掌握的困境。

試鏡（2008.12.14，六年級作文）

……在我自我介紹完後，那個「人」一直問我一些奇怪的問題，像是：「你有談戀愛嗎？如果拿到三千六消費券你會怎麼花？」等等怪問題。但是最令我緊張的是那台攝影機，從頭到尾一直拍著我的頭，讓我沒辦法自在的講話……

（老師評語：成了大明星後，不要忘了給簽名哦！）

劉樸和五、六年級的級任老師很要好，下課時都會幫老師按摩，是一條「大狗腿」。老師長得像她爸爸一樣，「漢草好」，她有時候還會掐老師的脖子，還常常向老師問，「有沒有東西給我吃」。後來老師也會偷偷地把東西送給她，說，「劉樸來，這是人家從日本帶回來的，給妳。」有一次老師去聽了林昭亮的演奏，還排隊排了很久請林昭亮親筆簽名在CD上，老師後來把這張簽名CD也送了她。她拿到CD，不知道林昭亮是誰，還用手指去摳那個簽名，差點沒摳掉，老師趕快說，「妳不要就還我啦！」

劉樸學鋼琴多年，野田妹的《交響情人夢》中的古典音樂是她最喜歡的。她也像野田妹一樣，背譜的能力比視譜好，音樂只要聽過，很容易就可以演奏出來，但是要她一邊看譜彈，可就難了。她的音感真的很好，六孔陶笛前一個晚上才教她DoReMi的指法，隔天你隨便哼一首歌，她就能把它吹出來。

她有一件事也很像野田妹作得出來的。有一次她去舞蹈班之前，來不及把早餐吃完，就隨手塞進放舞衣、舞鞋的包包裡。回家把衣服、褲子和襪子拿出來洗，但是忘了那份早餐，衣服洗完以後又放回去，早餐還在裡面。到了下禮拜，她拿出包包準備上舞蹈課，發現好臭，以為沒倒垃圾，就把家裡垃圾拿出去倒，倒完回來，怎麼還是那麼臭。後來一直找，才發現是包包發臭了。只好用痱子粉抹在舞衣上，到了班上又和老師說，「今天舞鞋可以不穿嗎？」那一天她被大家嚴重唾棄。早餐忘了放在書包裡、便當盒放在學校忘了洗，這樣的事更是三天兩頭發生。

聽劉樸說話，有時候簡直是無厘頭。問她跟三、四年級的同學那麼好，那五、六年級的呢？她一點沒有猶豫地說，「更好！」怎麼好法？「就是喝茶，一起聊天啊，像妳昨天去哪裡啊，其實也沒聊什麼啦，就像老人一樣。」冬天的時候，她還會請媽媽給她泡一大壺茶帶到學校，幾個十一、二歲的孩子就一起喝老人茶。她還愛吃辣。

在同學的眼中，劉樸說話又很直。有一個同學不愛洗頭髮，頭髮都黏成一綹一綹的，還發臭。劉樸就直接告訴她，她就回答，「劉樸每次聽妳講話都很直，可是都很真。」這個同學後來寫了一張卡片給她，說劉樸是她認識的最直的朋友，後面還畫了一個笑臉。劉樸說她看了不知道要笑還是要哭。那個朋友說，每次聽劉樸讚美她，她就好開心，因為那一定是真的。劉樸說，「她就那樣跟我講，我也覺得她好直喔！」

就是這樣的劉樸卻對舞蹈有著一百二十萬分的執著。

她從幼稚園開始就學習民族舞蹈和芭蕾。不管什麼理由，不給人家請假，一定要上，寒暑假還另外報名密集班，有時候一個禮拜跳五天。舞蹈老師對她說，如果北藝大招考學生，在一兩百名考生中，一定一眼就看到她在那裡發光發熱，背後一環光圈。她就愈跳愈猛了。她對我說，她最愛的是現代舞，她以後要成為舞蹈家。我和她說起，學跳舞也許應該考慮出國，她就心裡一直念著紐約的茱莉亞音樂戲劇舞蹈學院(Juilliard School)。

舞出自我（2008.11.29，六年級作文）

從小，跳舞就成了我抒解壓力最好的方法之一，不過老師總是說我「睡著了」，有時候，連我自己也不知道發生了什麼事！

不過，最近老師卻對我徹底改觀，或許是因為我真的對現代舞的熱忱增加了吧！老師常對我說：「妳們是升學班的，明年五月就要考舞蹈班了，現在站在妳旁邊的，到時候都是妳的對手，所以就算動作錯了，也要能很有自信的把動作做完。」我開始喜歡跳舞，喜歡背芭蕾法文的專有術語和現代的舞風和派別，為了即興創作，我還和媽媽一起去看保羅泰勒、雲門舞集和瑪麗書娜等知名舞團的表演，即使門票不便宜，但我還是很努力的將好的動作學起來，回家加入我自己編排的舞蹈內。……（下略）

……（中略）

老師一定不知道她無意中給了我一把開啟「舞蹈之門」的鑰匙，我長大後要繼續跳舞，直到舞出自己的一片天！

我問她，「當音樂家比較辛苦，還是舞蹈家？」

「舞蹈家吧？因為很累啊！我們老師說，舞蹈家都要用妳的身體……而且舞蹈班很現實，練到高中，只會跳舞，可是老師可能把妳叫過來告訴妳，『我覺得妳不適合跳舞。』然後妳就可以收拾收拾東西走了。」

「音樂家也是啊！」我說，「妳鋼琴彈彈彈，然後老師一樣對妳說，『妳不用再練，再練也只有這樣子而已。』」

「對喔！」劉樸說。

我繼續說，「作家也是啊！妳寫得很高興，拿去要出版，結果出版社告訴妳，『不用寫了，妳沒有天分。』都一樣吧！每一行如果妳要走到最頂尖的，那麼……」

「一定要經歷千辛萬苦。」劉樸接著說。

「但是如果妳不在乎的話，只想玩一玩，那就不一樣了。」

「那我就是玩一玩的那個啦！」劉樸說。

「不像啦！」我回答她。

我又問她，「在妳現在會的幾樣東西中，英語、畫畫、舞蹈、鋼琴，還有當獸醫，妳最喜歡……」

劉樸沒有正面回答我，她說，「我最喜歡看樓蘭美女、木乃伊啊……」

那時候我們在植物園散步，歷史博物館正在展出『絲路傳奇——新疆文物大展」。

「那妳可以當考古學家……」

「好想！好好玩，可以摸摸看幾千年前的東西……」我說，「人的精力有限，大概可以選兩個來作，那麼所有這些，妳最想當哪兩個？」

她只想了一下就說，「最想跳舞……和考古學家。」

「考古學家？我以為妳想當音樂家……」

「好吧，那就音樂家……」

在植物園裡她大跨步地向前直走，我只好要她走慢一點，「劉樸，走慢一點，妳行軍啊！」

劉樸人長得高大，還只是小學六年級就已經長到一米七，但她膽子很小，到現在不敢一個人在家、不敢一個人睡一個房間，連洗澡、上廁所也都不關門的，露營睡帳篷都不行。她睡覺不露腳的，因為腳放在棉被外面會被什麼東西抓去。她也不敢看床板的縫隙、不敢把手指伸進去，因為裡面好像有一只眼睛在看妳。她的琴放在奶奶的房間，自從奶奶過世以後，她就很少進去練彈。彈琴的時候，後面正掛著一張奶奶的照片，她彈一彈，往後看一看，照片中的奶奶好像在呼吸。

走在路上，你教她一個人先往前走，她就邊走邊回頭，一看我們往回走了，她飛也似地就跑著跟上。看DVD影片更怪，只要片尾音樂一上，她就急了，「快點快點！趕快關掉！」因為片尾音樂一結束通常會自動切回到片頭，對於這個「重複播放」的機制，她完全無法接受，一直說，「好可怕！好可怕！」

我看到劉樸，就喜歡捏捏她，又愛笑她，「劉樸，妳看妳，長這麼高，從外表看絕對是美少女，像一個小姐……不過是智障的。」我說話很毒，但劉樸還是笑咪咪地，「舅舅你好壞！」她一笑，眼睛又瞇成了弧線，門前兩顆「兔子牙」對你招手，「舅舅你好壞喔！」然後這個壞舅舅就會繼續說，「我去年買到一本《長沙馬王堆一號墓古尸研究》，女尸喔，是中國漢代的木乃伊……」

*

擂茶是客家人最具代表性的美食，既是日常生活的主食之一，也是待客的佳餚。在新竹、桃園、台北、花蓮、台中東勢、高雄美濃等地的客家莊都仍然保留著，尤其以新竹湖口、竹東和北埔等地最著名。

擂茶的工具有擂缽和擂棍。擂缽是研磨的器具，由陶土燒成，用來研磨食物與藥材，缽的內面有輻射狀的特殊溝紋。擂棍的材質以油茶樹為最佳，芭樂樹、柚子與橄欖樹次之，其它樹木則不可用，直徑5公分左右，長度40-50公分。

擂茶的主要材料有：現採的綠茶葉（也可以使用輕發酵的綠茶葉成品或綠茶粉取代）、芝麻（有黑芝麻與白芝麻，按黑1白3比例使用，白芝麻量多一點，擂出來的茶色比較好看）、花生（炒熟），以及米仔（米經過浸、蒸、曬、炒的過程，變成容易貯存、可以速食的米仔）。改良式的擂茶除了上述主要材料之外，還有松子仁（生）、葵花子仁（生）、南瓜子仁（生）。其它配料和佐料則還可以加入香菜、九層塔、刺五加、鹽、糖等。

擂茶的傳統作法是將材料放入擂缽，用擂棍慢慢擂成末，中間過程還要不斷加開水，讓材料成為漿狀。現在則有擂茶粉方便沖泡，擂茶粉的成分有雪蓮子、白果、花生、黑芝麻、白芝麻、青豌豆、蓮子、薏苡、淮山、芡實、紅豆、花豆、黃豆、綠豆、黑豆、米豆、白鳳豆、小米、小麥、紅小麥、大麥、蕎麥、燕麥、糙米等綜合豆穀類共三十餘種，全部經熟烘焙後研磨成細粉調配而成。

擂茶的食用方法有三種：吃清茶（舀茶湯加入中型碗，不另加配料直接食用）、加料吃茶（先把米仔放入中型碗大概三分之一，然後舀茶湯入碗中到七分滿，再加入剝皮後的熟花生、各種炒青菜、炒豆子等配菜），和擂茶拌飯（以半碗飯加入各種青菜配料，再舀茶湯混合食用）。

（參考台灣大百科**Taipedia**、北埔擂茶官方網站、樸鈺典藏客家擂茶網站）

又，關於「擂茶」的最早記錄可以遠溯到南宋的《都城紀勝》。《都城紀勝》只有一卷，沒有署名作者，但是序文中有「時宋端平乙未元日，寓灌圃耐得翁序」。「耐得翁」是別號，據說姓趙，他根據親身經歷，仿李格非《洛陽名園記》從園囿的興廢來看洛陽的盛衰，而寫成本書。書成於南宋理宗端平二年（西元1235年），寫的都是當時都城臨安（杭州）的日常瑣事、風土民俗，分成十四門：市井、諸行、酒肆、食店、茶坊、四司六局、瓦舍眾伎、社會、園苑、舟船、鋪席、坊苑、閒人、三教外地。其中的「茶坊」門就有「冬天兼賣擂茶，或賣鹽豉湯」的記錄。

天使之鬼

以前要是到人家家裡看見又髒又亂，就以為那「只是」髒亂，是他們沒有養成乾淨的「習慣」。直到看了日劇《交響情人夢》，讀了二ノ宮知子的漫畫*，我才對「髒亂」有了全新的體會，原來髒和亂也可以是一種「個性」的表現。

在漫畫中，千秋在他的陽台上吸著菸，心裡一面抱怨著（前）女友彩子和（被千秋形容成香腸一樣的）指揮科的學生早川在一起，一面又對自己不得不待在日本、不能出國進修而感到懊惱，就在這個時候，從隔壁野田妹的陽台傳來了一股惡臭。千秋忍不住跑到野田妹房間，一看，滿屋子像垃圾山一樣，問野田妹要打掃用具，野田妹說吸塵器放在床上，不過根本就看不到床在哪裡……

千秋一時衝動，要把全部的垃圾清掉。才搬動一個紙箱，野田妹就急忙喊說，「那個紙箱別丟！裡面有很多重要物品！」千秋又搬了另一個紙箱，野田妹也馬上說，「啊！那個紙箱也不能丟！裡面放了重要的東西！」又一個紙箱，「那個紙箱是放寶物的！」什麼樣的寶物呢？漫畫裡畫的是一堆玩偶，有邪惡笑容的兔子、兩眼呆滯的螞蟻，和甚它弄不清什麼跟什麼的東東。千秋又語帶質問地問，鍋子裡一大坨黑黑的是什麼？

「大概是奶油泡芙。」野田妹尷尬地回答。

「奶油泡芙是黑的嗎？」千秋臉上出現了幾條垂直的黑線。

「不是。」野田妹的嘴巴翹了起來。

「會蜷成一團嗎？」千秋聲色俱厲地追問。

「會的，放上一年的話……」野田妹臉上冒著一顆汗水。

千秋陸續又在垃圾堆中找到冒出了鹹魚子一樣的剩飯、待洗的衣服長出一朵香菇、一把甲子園的泥土，和有些連野田妹自己都搞不清楚的東西……

那一次的大掃除之後不到一個星期，千秋喪氣地發現，野田妹的房間又亂作一堆。

真的有這樣的人嗎？我說的是野田妹。

真的有這樣的人。

事實上，我是因為奐婷才了解到了，也許每個人內心裡都有幾分野田妹，至少一兩分吧，也許有的更少一點，也許有的更多一點，而奐婷的「野田妹指數」是我認得的人當中最高的。

奐婷會把早餐的三明治隨手放在書架上，放到長成綠綠的；她飯盒裡的剩飯，也真的長出了一顆顆的鹹魚子；她的書桌上課本、文具、小飾物永遠擺得亂亂的；床被是睡醒後都不整的。她以前還噁心地把每一次摳出的鼻屎，一小粒一小粒地貼在枱燈插座的周圍，像某種貝殼飾品一樣。貼滿了插座，再延伸到插頭、電線，直到媽媽大驚小怪地發現，「這是什麼?!」

奐婷現在還小，剛升國中一年級，因此她還不能像野田妹一樣離開家，自己一個人住，所以這多少限制了她個性中的種種「癖性」——有些人稱之為藝術家氣息。但即使這樣，她的有限的「無秩序」狀態也夠家人傷腦筋的了。她不愛洗頭髮（野田妹也是五天洗一次）。不愛刷牙，連牙醫師都拿她沒輒，說如果她不改變潔牙的習慣，拒絕為她裝牙套、矯正牙齒。洗一次澡可以慢吞吞拖上一兩個小時，但不是因為要洗得很徹底的緣故。上大號也是，最後非得要人家把她從馬桶上吼起來。而且因為不愛喝水，她常常便秘，有時候幾天才上一次，她的臭屁（當然還有臭便）因此總是教人聞之色變。

她吃東西單愛一味（這一點倒和野田妹的好吃完全不同）。三歲以前她爸爸沒讓她吃過糖，她對巧克力也完全沒概念，是我這伯伯「帶壞了她」，從此巧克力成了她的「藥」，專醫她的「饞疾」。對於喜歡的食物，比方稻荷壽司，一次可以吃上十個八個，煎餃甚至吃到二十五個，對於不喜歡吃的，例如大多數蔬菜，要她碰個筷子，像在勉強她上戰場作出犧牲。面對碗裡的一小撮菠菜，她可以東撥撥西弄弄，最後是你失去了耐心，放棄逼她吃下去。

奐婷三年級的時候畫了一張「鬼」圖，大大小小八個鬼攪和在一塊。兩個骷髏頭的鬼，像男生，飄在一旁，其中一個手裡握著一把斧頭，兩個鬼身上都有「十」字記號。其他六個看起來是女鬼，穿著像和服一樣的衣服，上面點綴著圓的、方的、三角的幾何圖形，六個女鬼纏在一起，就像在輪迴之河中彼此依偎。那個年紀的奐婷每天都沉迷在鬼的傳說中，同學們也都知道學校哪裡有鬼屋。

她對我說，任何時候都有鬼跟著她，她一起床，它們也跟著起床，她吃飯，它們也在旁邊，它們跟著她上學、玩耍，陪她下課走回家，陪她作功課、洗澡，看著她睡覺。那些鬼還會唱

歌。她就這樣和她的鬼共同生活，而且還把鬼帶進了妹妹的想像中。她的鬼話連篇，最後是她爸爸媽媽受不了了，乾脆不再理會她。

她對我說起她的鬼，我也回報給她關於我的鬼故事。

我們家也住了兩個鬼，是有一天自己跑來的，而且喜歡待在冰箱裡，每次打開冰箱，就看見它們舒舒服服地躺在那裡（一點也嗅不到地獄焰火的氣味）。為了證實我說的是真的，我打開冰箱給她和她妹妹看，還問她們有沒有看到。她們當然是看不到的，因為那不是她們的鬼，就像我也看不到奐婷的鬼一樣。不過奐婷完全相信我說的鬼話，她還留了兩顆糖果在冰箱，每次來我家，就先打開冰箱，看我的鬼吃不吃她的糖。

那一年暑假我還教唱她們姊妹倆鬼歌。一首是用來鎮住鬼的，萬一她們遇見了調皮鬼要搗蛋，只要輕聲唱「拿一根大釘釘釘釘，拿一根大釘釘釘釘，拿一根大釘釘釘釘，拿一根大釘釘釘釘」，就可以把鬼暫時釘住，全身而退。但要是遇到大惡鬼，這首「釘釘釘」就不管用了，非得要唱念咒語歌才行：「gun-gua-gua-la-gua-la-gua-la-gun-gua-gui-gun-gua-gui-gun-gua-gua-la-gua-la-gua-la-gun-gua-gun-gua-gui-hei-lin-dao-xi-lang-xi-gui-ei-xi-sa-ei-hei-lin-dao-xi-lang-xi-gui-ei-xi-ga-muo-bua-ei」。她們反覆地背誦習唱，很快就學會了（姊妹兩個都是學校合唱團的成員），下次見了我，還要壓低聲音唱一遍給我聽，以確保韻律和歌詞都沒錯。我對她們說，鬼歌一定要唱熟，不然哪天真的碰上惡鬼，一時情急，唱得走音或者掉詞，那就「ㄎˊ誌大條了」。

暑假快結束的時候，我又跟她們說，鬼其實也分好壞，好鬼跟著好人，惡鬼跟著壞人。我家裡冰箱的鬼和奐婷的鬼一樣，應該都是保護人的好鬼。不過即使是鬼也有壽命長短，也許更應該說是緣份吧，它們只會跟著人一段時間，直到有一天它們發現它們所跟的人長大了，再也不需要它們陪了，它們就會消失。鬼其實很像天使吧。

於是，我們每次見面都會交換一下她的鬼和我的鬼的現況。幾個月以後，我對她說我冰箱裡的鬼不見了。我從學校回來，打開冰箱，沒看到它們。我還家裡四處找，床底下、桌子櫃子底下、窗簾後面，連一個鬼影子都沒有。我對奐婷說，它們就這樣走了，連一聲招呼都沒有打。我問她，她的鬼呢？她說她的鬼還在。但是沒多久，她也漸漸地少說鬼的事了。我知道，那是因為她長大了，她的鬼也離開她，繼續去找別的需要它們的孩子附身去了。

奐婷還在讀幼稚園中小班以前，她爸爸媽媽擔心她的身體狀況，帶她去看了中醫，希望幫她調理一下體質。哪裡想得到那個中醫師才一把脈，就對家長說，這孩子的脈象空虛、心中無主，沒什麼東西在腦袋裡，神識也虛無

縹渺，要防以後容易上當受騙。當然他說的不是伯伯我。

奐婷的爸爸媽媽擔心的，是她總是一付傻乎乎的樣子，什麼事都沒放在心上，以後恐怕要在男女感情上吃大虧。

奐婷長得很標緻，五官小巧端正，身體比例勻稱，尤其腿超級地長，像極了模特兒的身段——就像那個出了名臭脾氣的英國名模「黑珍珠」Naomi Campbell，連膚色都有幾分像。她剛出生的時候，簡直是黑到讓人心裡起疑。我對她的爸爸媽媽說，她們家應該在久遠的過去有過黑人的血統，就像那位「黑珍珠」的上兩代有著中國客家人的血統一樣。不過據說，事實是她媽媽懷她的時候喝多了紅茶。

奐婷對男女之事是一點都不在乎。她在學校的人緣好，像個傻大姊一樣，女生、男生都喜歡她，她也對他們一視同仁。但是要說她對這種事完全沒有想像，也不盡然。國中一年級上學期，她們同學之間興起一股「寫小說風」，她也偷偷寫了半本，題作「春天の水晶球」（幾乎全部是對話組成），分成十四章，總共五十二頁（未完）。在目次之前，她還為主要人物畫出造型，並加上簡單的描述，例如女主角「林慧妤，是個小迷糊，常和櫻梅吵架，喜歡安藤」，「王麗妮是小妤的死黨，個性開朗」，「許櫻梅是小好的死對頭，常故意害小好」，男主角「羅安藤，愛看書，喜歡小好」，「黃馬昰，掉（綽）號叫『馬桶』，是小好的老師」。

「春天の水晶球」的第五章「告白」，奐婷在章題的下方畫了一個頭上結著花冠（皇冠？）、穿著露肩公主裝的女孩子，和一個穿白色（？）襯衫的年輕男孩「搞親親」，畫面上點綴著花和花瓣。

……（前略）

啊～心跳的好快！好緊張唷！安藤一直握著我的手走到這！啊嚇死我了……oh my god……（好）

安藤：哈～讓妳久等了！

小好：喔啊！喔是你唷！

安藤：呵～嚇到妳了丫？

小好：對啦！ㄣ……你去哪了？

安藤：ㄣ……我……我……

小好：怎麼了？

安藤：這個送妳！

小好：紅色的鬱金香?!

安藤：我喜歡妳！

小好：暇（按，原字如此）米！！？

安藤：做我的女朋友好嗎？

小好：ㄣ……好（按，「好」字的右半邊「子」少了橫劃，寫成「了」）……好的！

安藤：Yes！好開心！我愛妳！

小好：好啦！我會害羞呢！

安藤：我最期待的就是妳答應我的這一刻！

小好：我也是呢！

安藤：好！我送妳回家吧～

……（中略）

那一夜我一直回想安藤對我告白的那一刻，我無法入眠……哎～（好）

這就是奐婷對愛情的想像了——情節扼要不繁，偶爾出現幾個錯別字。對於伴隨著成長而出現的女性特徵，她的想法也很單純，她嫌胸罩麻煩，但是換衣服的時候她又會取笑小她一歲多的妹妹「長得太小」，「看我的。」月經來了，她也沒說什麼，只是一直嚷嚷，「好麻煩哦！搞那麼多天！每個小時都要跑廁所，煩都煩死了！」

這個自己都搞不定的傻大姊還自認為適合當幼稚園老師（又是一個巧合！和野田妹一樣），因為她的點子多，隨便亂編遊戲，小朋友都喜歡跟她一起玩。她還愛說笑。有一次她和妹妹玩吊單槓，玩累了，我們就在一旁教她們背「天干地支」。「天干」背得差不多了，她興起說要講一個笑話（我們說笑話都是隨口編的）：

「高速公路上發生連環撞車，甲車撞到了乙車，乙車撞到了丙車，丙車撞到了……」她停下來，轉頭看看妹妹，妹妹習慣性地幫她接上，「撞到丁車啦！」於是奐婷繼續數下去，「丁車撞到了，嗯，戊車，戊車撞到……己車，己車撞到……」她又打住了，嘴裡默默地從頭再數一遍。我們都笑她，十個「天干」都背不全，這本身就是一個笑話了。奐婷不在意。妹妹又一次替她提詞，「庚車啦！」奐婷若無其事地接下去說，「庚車撞到了……辛車」，然後，她頓了一頓，突然爽利地用力拍了一下大腿，半是高興半是懊惱地說，「新車？第一次上路就被撞凹一個洞，哎呀！我的賓士——」

奐婷學背「天干地支」，是因為她聽我們講「子平八字」，好像很有趣的樣子，所以也想學。我們又教她看手相，才學了天、地、人三條主紋，她就敢到學校賣弄，還說同學都誇她講得很準。她又學撲克牌算命，什麼黑桃、紅心、磚塊、梅花代表的意思，數字從A到K、Q、J，又分別代表了什麼，多麼複雜的一套符號系統，她才學了兩次就牢牢記住。我們也教過她「牙牌神數」，從「天對」、「地對」到「雜對」，從「不同」、「五子」到「正快」，她一樣學得不亦樂乎。

不過一打開國語（國文）課本，她就頭腦發昏，心跳加速，眼睛開始模糊起來，擠眉皺鼻地很難專心。她說，她一看到字多的書就不行了。不只是國語，她連數學、自然、社會都不行。她的數理能力其實很不錯，但是因為懶得演算，常常出錯，加上閱讀能力太差，有時候題目也看不懂，不然就是看太慢才懂，所以總是寫不完（考國中美術班時的性向測驗根本來不及）。對於那些她會算的數學題，她有時候也會對著試卷發呆，她說她在想有沒有別的更快的解題方法。

所以奧婷的功課總是「保持」在班上倒數過來的名次，這一點讓她的爸爸媽媽（不是她）吃足了苦頭。有一次考試考得差極了，嚇得媽媽抱著她失聲痛哭，她也嚇得大哭起來。她爸爸想到用「環境教育」，就要求我們下次帶她去台大走走。

能怎麼辦呢？逼她坐在書桌前寫功課，她寫著寫著就玩起了橡皮擦一類的小東西，一玩就一個鐘頭過去了。不然就是寫著寫著，頭愈來愈低，不知不覺就趴在作業簿上，流了一攤口水。她功課愈寫愈晚，早上起床也愈起愈晚，叫都不應，然後她動作又特別慢，洗臉慢、刷牙慢、上廁所慢、吃早餐慢、收拾書包慢，出門當然也慢。

慢久了更成了慣性，於是量變到質變，就成了懶。她懶得做家事，懶得洗碗、倒垃圾，連端個盤子放進冰箱，她都可以等在旁邊，等到妹妹要開冰箱了，她才順便用一用。妹妹有時候牛性也來了，硬是不肯先開冰箱的門，於是兩個人就杵在冰箱前面，準備長期抗戰。

上課對奐婷來說是一件苦差事，因為她上課常常聽著聽著就「放空」了。我笑她，那哪裡是「放空」，「放空」也要先有東西放在腦袋裡面，才能傾空，她的不是「放空」，根本就是「空空」。她就那樣子，空空地上學去，空空地回家來，上學就是為了下課。但是放學後回家，她同樣找不到「存在的意義」。

奐婷的悟性其實滿高的，也許就像野田妹，對曲子的聽力和想像都好，只要不教她視譜彈奏。奐婷也是，只要不教她讀書背課文。她只愛看漫畫，她說，「以後要收藏一萬本漫畫」，還說「以後有錢，一定給它買到爽。」問題在於，台灣的中小學還沒有發展出（或者是無法接受）漫畫教科書。

她對漫畫「柯南」的「耽溺」也許也像野田妹沒有辦法抗拒「普莉語呂太」的誘惑。因為在上課偷看漫畫，她被訓導主任叫到辦公室，差點記過處分。導師要她回家和媽媽懺悔，她回到家像個無事人一樣，忘得一乾二淨。「還好」老師事前打過電話，媽媽先得到情報，等她回來，看她一句話都沒提，只得主動問她是不是有什麼事要說的啊？「沒有啊！」奐婷回答。她為了漫畫裝傻。

不僅裝傻，她甚至說起謊來了。有幾次被媽媽從書包裡搜出漫畫，她都騙說是同學寄放在她這裡的，她還請最要好的同學一起串通圓謊。媽媽打電話向她同學求證，十二歲的孩子編不下去了，只好全盤招認。奐婷也只得承認漫畫是她的。問她買漫畫的錢從哪裡來？說不清楚。最後才發現，她節省下了吃飯的錢，後來自己的錢不夠了，就拿弟弟的錢，又拿妹妹的錢，有時候也拿爸爸媽媽放在桌上的錢，千元大鈔她不敢動，就順手抽了一張五百元的。她讓爸爸生氣，讓媽媽傷心，我問她知不知道自己錯了，她啜泣著哭說「嗯」，聲音聽起來仍然是教人不忍心的一派無辜。

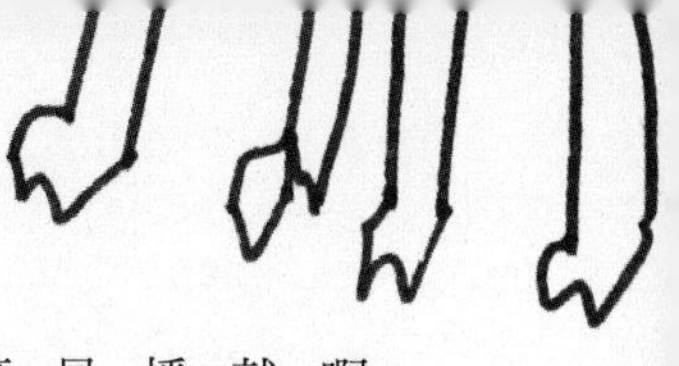

她真的「知道」自己在說謊嗎？也許她心裡想的是，「我只是想看柯南啊！」我同意，「柯南」是還不錯。我太太和我送給她的十三歲生日禮物，就是每個月一本「柯南」，直到十四歲為止。我也曾經在邏輯概論的課堂上播放過「柯南」的影片給學生們看和討論，因為它有益於推理能力。問題是，為了漫畫，她會偷錢、會說謊。她媽媽說，以後怎麼相信她說的話？什麼話是真的？什麼話又是假的？怎麼辨呢？

我想到自己小時候也對父母說過謊，也偷拿過父親長褲口袋裡的和母親皮包裡的錢，可是後來也順利長大了。雖然再也沒有偷拿過別人的錢，但還遠遠作不到不說謊，那些日常生活中小小的、無害的謊言。不過我可以這樣教她嗎？

也許應該為她再次召喚那些曾經陪伴過她的鬼？

除了以上說的「所有那些癖性」之外，奐婷真是個很棒的孩子。

她雖然自我，凡事先只想到自己，但她是一點機心都沒有——看她下五子棋就知道了——她不懂得防患於未然，不懂得安排兩步以後的必勝殺著，她是輸也好，贏也好，都很開朗。她和我下棋，輸過幾盤就要我「讓子」，讓了一子還輸，又開口要我讓兩子，這樣都好玩。她根本沒有勝負心，好玩就好。

打棒球也是，打得到嘻嘻哈哈，打不到也是嘻嘻哈哈。

要她在台大文學院門口跳剛學的街舞，她只問了幾句，「真的要跳嗎？」真的，真的。於是她就跳起來了。唱歌也不忸怩，雖然常常用假音，而且喜歡抓著妹妹墊底。

大家取笑她懶，她也還是攤在那裡，一付不在乎。

我說以她的腿長，以後當檳榔西施沒問題，她只是嗯嗯啊啊地隨口應著，不認真計較。

她在我們家過夜，一覺到早上十點，還賴著床不肯起來，沒有半分不好意思，十分自在。

她陪我到B&Q，買木板、買工具、扛著走路、等公車、轉捷運，也沒有一句怨言。

她每次看到我，一定用全身的力氣抱我。我親她的臉頰，就像當年我的一些伯伯、叔叔、舅舅們喜歡在我臉上製造「啵」的一聲一樣，她也不介意。

每次說再見的時候，她都會熱情地揮手告別。

老實說，和她在一起，人也覺得沒壓力。

更何況她還畫得一手好畫，非常非常好的畫。問她以後要作什麼？真的放棄念書，去當模特兒？她說不要。她也不想當演員，也不要當音樂家。她不是不喜歡音樂——雖然她小三的時候有一次哭了一整天，拒絕再去上鋼琴課——她不是不喜歡音樂，她只是不要學鋼琴，她想學的是打大鼓。

小三的奐婷就非常肯定地說，「我以後要當畫家。」

奐婷愈來愈喜歡一個人坐在馬桶上（和大號無關），因為關起門來讓她感覺身心輕鬆，她需要靜一靜。她本來也是一個「野田妹」，不過在台灣社會中，特別是因為升學教育的壓力，她的「癖性」只能被大家接受一部分。問題是，一部分的「野田妹」還算是「野田妹」嗎？

也許為了她，我們（我對我太太說）應該在鄉間買一分地，蓋一個大一點的房子，把奐婷接過來，給她一間大房間，讓她作自己喜歡的事，看漫畫也好、畫畫也好、放空也好……這應該沒有多難吧？難的是，我們要避免靠近她的房間，因為說不準我們也會和千秋一樣，忍不住就替她打掃了起來。

話說回來，一個人的「髒亂」能有多大的破壞力呢？「髒亂」也是一種「個性」的表現吧。就像有些人天生「潔癖」，而恰恰好奐婷和「野田妹」

們的是「髒癖」、是「亂癖」。不可以嗎？

我想，我偶爾也應該去馬桶上坐一坐，既放空腸胃，也順便放空一下……我得好好問問她，究竟放空什麼？

*《交響情人夢》（のだめカンタービレ, Nodame Cantabile)是二ノ宮知子（二之宮知子，Tomoko Ninomiya）的漫畫作品，從2001年在日本講談社的女性漫畫《Kiss》上連載，到目前單行本已經出版了二十一冊（按，2009年11月出版了完結篇第二十三冊，但「番外篇」仍待續中）。故事從男主角千秋真一和女主角野田惠的邂逅開始……千秋真一是桃丘音樂大學鋼琴科三年級的高材生，小提琴也拉得很出色，但是他的人生目標其實是成為一個指揮家。不過因為幼年遭遇的飛機意外和溺水經驗，千秋沒有辦法克服搭飛機和乘船的恐懼，因此不能出國留學進修。徬徨的千秋又因為和校內的鋼琴老師（江藤耕造，因為老是喜歡用紙摺扇打學生，所以被稱作「摺扇老師」）不和，再加上剛剛和女朋友（多賀谷彩子，聲樂科學生）分手，因此變得有點自暴自棄，多喝了一點酒而睡倒在家門口，卻被住在隔壁房間的野田惠「撿回家」……

漫畫中的野田惠(のだ めぐみ, Megumi Noda)出生於1981年9月10日，處女座B型，身高162公分，是千秋鋼琴科的學妹。野田惠對別人總是自稱「のだめ」（Nodame，是日文「野田(のだ)」和「惠(めぐみ)」的第一個音「め」合成的暱稱，台灣版漫畫翻譯成「野田ㄈㄟˋ」，一方面是因為「ㄈㄟˋ」和「惠」諧音，另一方面意思也和日文的「だめ」（無藥可救）雙關，不過電視版日劇和香港中文版漫畫第十七集以後都譯作「野田妹」），那是因為在她高中的時候，班上同學有三個人同名「惠」，為了加以區別，所以連名（簡化成一個音）帶姓分別被叫作「のだめ」（野田惠）、「こがめ」（古賀惠）和「つじめ」（辻惠）。野田妹的音樂聽力一流，鋼琴演奏也非常富有個人特色，是一個天才型的人物。她好吃，而且不喜歡整理房間，房間髒亂到不行，千秋形容她的房間是「垃圾山」，在大學琴室第一次練習聯彈的時候，也當著新老師（谷岡肇，專教落後學生的好好老師）的面喊她「垃圾女」……

二ノ宮知子的漫畫連載在2008年9月以後因為產假而暫時中斷，她生了一個男嬰。在2009年1月的個人官方網頁的工作誌中，二ノ宮知子說她在產後出現了「手根管症候群」（腕隧道症候群，Carpal tunnel syndrome，又稱腕道症候群、腕管症候群，俗稱滑鼠手、鋼琴家手，是常見的職業病，多發於電腦使用者、職業鋼琴師、木匠或裝配員等需要做重複性腕部活動的職業，是一種腕部肌肉的物理性傷害，其它像懷孕後期的女性、風濕性關節炎、糖尿病、內分泌異常、多發性神經炎、腫瘤，以及手腕骨折或脫位等，也都可能造成腕隧道症候群），目前仍在療養中。但是她也預告了將在3月恢復漫畫連載。

（參考維基百科中文、英文、日文相關詞條，以及Tomoko Ninomiya Website）

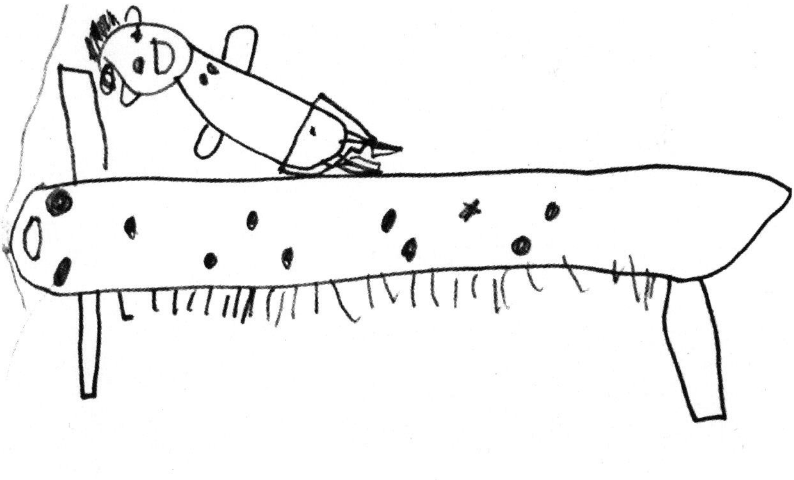

那個穿四輪溜冰鞋的女孩

（安安很自在，知道我要把她寫進書裡，她爽快地同意了。）

問：人們對「童年」大多著重在生理年齡上的界定，也就是說，「童年」就是還沒進入「青春期」、還不算「青少年」以前的那個階段，差不多相當於十二歲小學畢業以前。不過我自己是認為，也許更好的定義是：一個人從什麼時候開始不再覺得自己是一個「小孩子」了，那麼她就脫離了她的「童年」。所以呢，妳從什麼時候開始覺得自己不再是小孩子了？

答：三年級。

問：小三啊？（我一定是露出了吃驚的表情）

答：很晚啊？很早？很晚嗎？（笑）

問：為什麼？

答：因為以前的事記得沒有很清楚，小三之後的事就比較想得起來。

問：我們以前一塊溜冰，大概是妳進小學前後的事吧？妳還記得嗎？

（那時候一起溜冰的人，不論大人小孩都穿直排輪鞋，只有安安穿著傳統的四輪溜冰鞋。當大家在籃球場上停住不動的時候，穿直排輪鞋的人大多輕輕蹺起腳尖，用鞋子後跟的煞車器來保持靜止，只有她抬起腳跟，因為傳統四輪溜冰鞋的煞車器在鞋子的前沿。我印象好鮮明，當她用腳尖點地，微曲的腿型就像一個芭蕾舞者。）

答：記得啊！不過那時候還覺得自己是小朋友。小三之後就……我本來就比同年齡的小朋友早熟……

問：有什麼特殊的事件讓妳產生這種感覺嗎？

答：當時我們有幾個好朋友會一齊跳街舞，學校開慶祝大會都找我們表演，我還當司儀。當時就覺得好像自己比別人多學了一點，別的小朋友可能還比較懵懂吧，還不知道自己要幹嘛，可是我已經有了一些機會……老師還滿看重我的……

問：妳那時候個子還很小吧？

答：還好啦，不過就是很瘦很瘦。

問：所以妳有機會參與學校的公共事務……

答：對！妳不是那種躲在後面的小朋友，那時候就比較有自己的想法了。其實我國小還滿像領導者的，好像大家都比較聽我的，我一直以來都是發號施令的，我不算很凶，只是我講什麼，同學們都會說好啊，然後跟我一起做我要做的事情。

問：所以小三的時候……

（我一定還是表現出來一臉迷惑的樣子。我想起自己的小三，每天必看布袋戲，有空就往鄰街的騎樓跑，去那邊和相識不相識的人打尪仔標什麼的。我就是她說的那個躲在「後面」的小朋友，對於「前面」發生的事沒半點概念。）

答：就覺得自己好像長大了。（笑）

問：那麼從小三以後到小六，妳要怎麼稱呼那個階段？

答：那個……不是童年吔……（她有點猶豫了）

問：可是也還不到青少年吧？

答：也不算青少年……很難吔，就是在童年和青少年之間……的模糊階段。好像比別人早進入青春期，但又不算太大。

問：好吧，在那個「模糊時期」，妳會覺得有點尷尬或者不舒服嗎？

答：直到六年級才有。

問：為什麼？

答：因為開始發育了。而且男女之間開始會有一些喜歡啊，那時候才有點不知所措……

（眼前的安安很自在，我們在她爸爸和我任教的學校裡的一間研究室談話，桌上放著我們還沒動手的餐點。她蜷起一隻腳放在座椅上。偶爾我還可以在她短暫的思考空隙之間，看到當年那個穿白色四輪溜冰鞋，一臉「倔強」的安安。她喜歡自己一個人溜。）

問：國中以後呢？

答：小學的時候我功課都還可以維持在前十名，所以爸媽都覺得還不錯，雖然有時候爸爸也會說，哎呀，怎麼掉到第十一名……升國中的第一次考試我考了二十幾名，回家的時候都不知道怎麼辦，就哭了。爸爸就說，第一次沒關係，下次再努力啊……但是第二次還是一樣……他就覺得是我不夠用功。到後來，我自己也沒有信心了，根本就不想花時間去讀書。而且國中有很多好玩的事情……所以那段時間和爸爸媽媽比較有衝突。爸爸會想要妳成為他心目中的那個人，可是妳並不想成為他，他是他，我是我。

問：那麼妳解決衝突的方式是……

答：那時候覺得很煩。為什麼要讀書？妳又讀不好！可能我找不到讀書的方法吧！那時候爸爸常很晚回家，一回家看到我在看電視，就會說妳怎麼在看電視，難怪怎樣怎樣。其實妳已經讀了一整天，才洗完澡，剛剛打開電視……所以後來在爸爸回來之前，我就會趕快收拾一下，假裝睡覺……因為妳不想和爸爸有太大的爭執。因為妳很愛他，而爸爸就……就比較「爸爸」。其實爸爸跟我很像，而姊姊比較像媽媽……

問：哪一部分？

答：全部！（安安幾乎是不假思索地回答，以堅定的語氣。）

問：舉個例子吧？

答：比如說，媽媽和姊姊會不喜歡爸爸吃什麼什麼，可是我就覺得那有什麼關係，為什麼要管人家？我和爸爸比較不喜歡別人管我們。爸爸有時候還是會說我，因為他是爸爸。我就不會去限制人家，說鞋子不要放那裡、衣服怎麼樣、應該吃什麼、不應該吃什麼。我和爸爸是同一國的。

問：妳是說媽媽和姊姊比較懂得「節制」？

答：她們沒有很熱愛自由。媽媽是一個很自在的人，妳說今天去這裡可以，去那裡也可以。可是我如果今天說了要去這個地方，我就一定要去，因為我已經有我的規劃，可是媽媽就覺得無所謂……我很討厭別人爽我的約。

問：等等等等，這樣說起來，好像是妳比較有計畫，而她們是無可無不可……

答：也不是……（笑）

問：那是什麼？

答：是……就是很多事情……

問：其實這是一種「癖性」……

答：對！（她應該很高興我幫她找到了一個適當的用詞。）對！我不喜歡聽別人的意見，不喜歡別人一直唸、唸很多遍。媽媽以前最常說我固執，金牛座的本來就很固執嘛，爸爸也是金牛座的。可是我還滿喜歡自己固執的那一部分。媽媽太沒有原則了……

問：但是大家會覺得她們比較好……

答：對！然後覺得我們很難搞！（我們兩個人都大笑）可能是真的吧！其實，我的個性可能從幼稚園開始就受了影響，我讀的是蒙特梭利，很講究自由。它放很多櫃子在幼稚園裡，例如紅布、算盤啊，妳可以選擇自己想要做的事。在那裡，大家都很安靜，沒有人哭、沒有人叫，妳不要干擾別人，但是妳可以做自己想做的事，老師也會陪伴妳。在蒙特梭利三年，我從來沒有被罵過，到現在我都覺得很美好……

問：美好的過去？（兩個人又笑）好慘啊……

答：是很美好的過去。

（然後我們聊起了溜冰的事，安安說她溜冰鞋的輪子是橘色的。）

問：我一直都覺得妳滿成熟的，當然妳姊姊也非常成熟，但我總感覺妳們兩個人的成熟是不一樣的成熟。

答：嗯？什麼意思？（我還來不及回答，她自己就接著又說）應該是吧，我們是不同類型的人。

問：妳姊姊是一個可以把很多事情同時照顧好的人，她給人家的感覺是各方面都很整齊，你根本不需要擔心她以後會走偏什麼的。但妳的情況不一樣，隨意地就走走走到一條大家都不怎麼清楚，可能妳也不怎麼清楚的路上去。也許可以這麼講，妳不一定是對一條明確的路的選擇，而更像是對另外一種東西的排斥。這凸顯出來妳的個性，也凸顯妳的成熟和姊姊的是不同的兩種成熟。

答：對！這樣說起來的確是非常不一樣。

問：所以妳覺得自己也算是成熟了？

答：當然你要說成熟，也沒有到很成熟的地步。像現在會不想要長大，因為成熟表示妳要對自己負責很多事……

問：所以妳還想擁有一些青少年要賴的「特權」？（笑）說起姊姊和妳不一樣，妳也承認姊姊厲害嗎？

答：嗯，她很厲害。

問：面對一個厲害的姊姊，會有壓力嗎？

答：我記得直到我去加拿大之前，我都沒有辦法很釋懷地接受她比較好，在世人的眼光中她是比較優秀的……其實我和姊姊從小就非常好。

問：她太完美了吧！（笑）真討厭！（我們兩個人都笑了。）

答：當我們兩個人吵架的時候，我就會跟她說，我覺得妳很驕傲。我一直都覺得我姊姊超驕傲的。我會怪她，每次都以為自己太好了。我姊姊很完美，可是有一點，她不會認輸。當我們吵架的時候，她會說到妳啞口無言，說到妳哭了，然後她就會說，妳為什麼哭？妳不要一直生氣嘛！妳幹嘛這麼凶……明明是兩個人在吵架……所以就超氣的。可是她也不會覺得自己很厲害，她只是不想輸。所以我就覺得她很驕傲。

問：也許妳期待她偶爾也會發個脾氣？

答：對！對！她說的話都超有道理的，好煩喔。然後媽媽又站在姊姊那一邊，說妳不可以這樣對姊姊說話……然後我就更生氣了，為什麼妳們兩個一起對付我？然後我就哭，我以前超愛哭的，還會大吼大叫。（講起這些往事，安安的聲音明顯亮了起來，有一點興奮。）然後隔天她也許會跟我道歉。我就說，道歉有用嗎？

問：連架都吵不起來……

答：會覺得她怎麼這麼優秀，真的很煩！（笑）

（安安的姊姊是文武全才，游泳、溜冰、打球、玩樂器、功課，樣樣都好，又善體人意。在我心目中，她是一個健康到不能再健康的女孩子。我又問安安，對於姊姊後來大學選企管系有什麼看法，我說如果是安安妳，妳是絕對不會選企管的。安安卻回答我說，不錯啊，姊姊選系的時候，她還問哪個系可以賺大錢，她以後可以靠姊姊養。她們講好了，以後姊姊開公司一定要聘用她，當創意總監。）

問：妳是國二下學期去了加拿大一年？對於去加拿大之前的自己，有什麼想法？

答：其實我還滿喜歡那時候的自己，當下的我都很喜歡當下的我。那時候在學校還滿受歡迎的，除了讀書，妳真的不知道應該怎麼辦。我很喜歡大家都喜歡我的感覺……（說到這裡，她遲疑了一下）不過也許那時候我沒有真的作自己……

問：那個時候，朋友比爸爸媽媽重要？

答：的確。

問：有做過什麼叛逆的事嗎？

答：有。我不喜歡騙人，可是那時候有些事情妳開始不會對媽媽說，例如妳和男生一起走回家……

問：所以那時候妳不太和家人說妳內心的想法？

答：他們讓我覺得好像不太了解我。那時候比較多祕密吧，想要有自己的空間……會頂嘴，說你又不是我，你又不了解……

問：所以這是當時妳去加拿大的理由？因為爸爸媽媽認為這樣下去……

答：其實不算。去加拿大是我自己的決定，不是他們逼我的。大家都以為去加拿大是爸爸媽媽要我去的，其實不是。

問：那麼妳為什麼去？

答：有很多理由，那時候有點倦怠那樣的環境，一方面妳很快樂，可是一方面國二下了，要準備考試了……很多老師不只管我的功課，連我生活都要管。因為我媽媽也是學校的老師，其他老師就會跟她說，妳女兒下課的時候常常有人來找她哦！老師們也會在課堂上一直叫我起來回答問題……那是我第一次覺得不喜歡那麼受矚目！當我成績一直沒突破，老師、主任就會去找媽媽。媽媽也不會罵我，只是回來以後告訴我，說今天誰又去找她了。為什麼我要承受這些壓力？

問：除了功課之外，還有別的因素促成妳去加拿大？

答：功課是主要的。另外……國二上學期有羽球比賽，我們班很厲害，我也被選進班隊。學校裡總是有一些比較漂亮、比較受歡迎的女生，她們會品頭論足別人，因為我本來就是公眾人物，那次比賽的時候，她們就在場邊罵妳、諷刺妳。可能是因為我從小就受到很多呵護，第一次聽到別人這樣罵妳，我就想，天啊，有人這樣討厭我！而且不需要什麼理由。當時我就一邊打球，一邊哭。在學校裡面，風雲女生和風雲女生當然是處不來啊，有幾個朋友就會罵回去，這件事在學校鬧得非常大。這件事也讓我對人很失望。對別人來說，這好像是小事，但是對我來說卻是，妳知道不是每個人都會愛妳，妳可以沒做什麼……現在想起來還是心有餘悸。

問：在加拿大期間，妳和台灣的同學、朋友也一直保持聯繫嗎？

答：一直都有。

問：對於回來重新適應台灣的學生生活，有困難嗎？

答：其實心裡超害怕的。那時候衝突又來了，我一回來，爸爸就說，現在就回學校吧，因為當時寒假才過，學期剛要開始，可是我並不想。同學們都還沒畢業，回去不是有點奇怪嗎？另外也是因為妳一回來，大家都會看著妳，他們會用不一樣的眼光給妳壓力，看看妳會考得怎麼樣？

問：這是妳想像中的，還是妳後來實際回學校去以後真正的感覺？

答：是我想像的，但事實上也的確是這樣，不過沒有想像中嚴重。

問：妳回來，別人當然會看著妳，不過從妳的角度來說，妳也對別人有一些想法吧？從加拿大回來當時的心境，妳怎麼看待當時的同學？

答：我從小就比較喜歡和比我年紀大一點的人在一起。當時回來一方面是害怕，另一方面也擔心不能融入同學，因為她們都比我小一歲，而差一歲就差很多。不過可能是我自已想太多了，以為她們會比較幼稚，後來發現她們其實和我也沒有太大差別。

（安安在加拿大住寄宿家庭裡，後來因為覺得沒有足夠的自由，而臨時決定回來。她承認確實有過一些不愉快，但又說也因為那些經驗才會有所成長。）

問：去加拿大之前、在加拿大、從加拿大回來之後這三段，妳自已有什麼轉變？

答：學到最多的是在加拿大的時候，改變最多的是回來之後。在加拿大那時候學了很多，可是要到後來才會一點一點地改變，最重要的應該是獨立和負責，比如說我要自己洗衣服，學著用英語和別人溝通、處理事情。當時要回來的時候，老師要和妳談啊……語言當然是一個需要突破的很大的困難……就是整個人吧，好像妳的心智……

問：了解自己更多？

答：對！

問：在加拿大學會了獨立自主，回來以後，因為是台灣的社會，都很熟悉，所以妳就可以更自在地決定要做什麼、不做什麼。所以加拿大的經驗還是很正向的？

答：對！其實現在幾乎都有點快忘記那時候的不愉快了。當然，提早回來還是會很遺憾，如果當時生活都沒問題，妳可以一直留在那裡，可以學更多，妳一定會不一樣。

問：到目前為止，妳對男生女生的關係有什麼想法？

答：男生女生本來就會互相吸引嘛，不過可能是從小媽媽教導我的，和我在教會裡學到的，其實我現在並沒有很想交男朋友。以後我會找一個對象，不過我交往的對象，就是想和他結婚，我並不是要交往好玩的，或者只是讓我感覺不孤單。國中的時候妳當然也會有喜歡的男生，他也會很喜歡妳，可是感覺還是不一樣。高中嘛，男生女生都一樣，我覺得在感情上都還不夠成熟，而且妳還有自己的夢想……像我現在看我的朋友，有時候會覺得可惜，一個很棒很棒的女孩子，但是因為感情而牽絆了她。

問：感情這件事也許和年紀沒什麼關係吧？人要是在這一關絆住了，那麼就是絆住了，年輕人、中年人、老年人都一樣吧？也許需要更長的時間……

答：對呀！

問：所以對妳來說，感情並不急切……

答：還好……

問：妳讀的是廣告設計，好玩嗎？

答：好玩，可是很累。

問：自己選的？

答：嗯。

問：國中的時候就想過以後會走這條路？

答：我一直就比較喜歡藝術，我喜歡音樂、喜歡舞蹈，也喜歡美術。

問：妳可以想像自己會在這條路上走多遠？

答：沒想過吔。

問：那麼在藝術這個大領域裡，是什麼讓妳感覺快樂、自在……

答：（沉思）最快樂的……應該是妳可以做自己想要做的事，妳不需要聽別人的，沒有一個畫家是聽別人來畫的。畫畫的時候妳心中沒有一個特定的主題，天馬行空……最吸引我的應該是創意吧！

問：妳可以想像若干年後的妳嗎？二十歲時候的妳，念大學？二十五歲時候的妳，大學畢業？三十歲……

答：很難想像吔！我沒有這樣想過。我以前是個很愛作夢的人，可是好像愈來愈……不行了。我也不是很少去想以後的事，可是就很難計畫以後一定要怎麼樣。也許是因為我很花心……我以前也想過作牧師、當老師，可是現在……我好像真的好久沒去想我要作什麼了……好像現在是……只要能做我喜歡的事，就是我想做的事，不論是畫畫、跳舞……

問：所以走到哪裡也不介意囉？

答：還好。我倒是沒有說一定不要當老師、畫家……

問：或者我反過來問，有沒有什麼是妳一定沒辦法想像去作的？

答：我一定沒辦法坐在辦公室！（笑）

問：妳是說當公務員？

答：絕對不能！（笑）

問：還有呢？

答：我不要當「管人的」（笑，但馬上又補充），也不要當「被管的」，我要當一個自由人！

問：自由人？自由業？作家也是自由業。

答：作家我還滿喜歡的。

問：不過自由業常常因為太自由了，所以不　定能養活自己，至少別人會替妳擔心。妳會擔心嗎？

答：會啊。像我現在學美術，我爸爸有時候就開玩笑說，妳要不要當護士啊？我以後可能不會賺大錢，可能養活自己都差不多而已，是會擔心啊！不過……又還好啦，我也不是要過大魚大肉的生活……

問：我想起我自己的經驗，在求學過程中，我從來沒有想過以後要靠什麼過活。我讀的是哲學，沒有人知道讀哲學的人能靠什麼過活，我自己也沒想過。當時的想法很簡單，天地之大，難道有什麼做不來的嗎？我不一定是學某一行，以後就一定得做這一行的工作。即使在職業選擇上，能賺多少錢也不是我考慮的重點。不過現在的學生不一樣了，她們在念大學的年紀已經想了很多以前我從來沒想過的生計問題，這對我來說衝擊滿大的。是我太不成熟嗎？還是現在的學生太……功利了？她們甚至還考慮到了男朋友的職業，每個月必須賺多少錢是一個要件。職業的選擇對妳會是一個……

答：我想了一下，我應該還是……我不會選擇一個太……太養不活自己的工作。像作家……

問：只有很少數的作家能靠寫作維生。大部分的畫家也只有靠教畫過生活，而不能靠創作。所以（笑）……到頭來妳還是作不成自由業……

答：也是吔！

問：真糟糕吔！真煩惱……

答：很值得煩惱……（我們兩個人因為有共識而笑了）不過，我覺得我應該不會當畫家，作家我還不知道……我也還滿喜歡當幼稚園老師的。

問：我以前也想過。我以前想，或者辦一家幼稚園，或者辦一所古代的、舊式的書院。沒想到後來我會在大學裡教書，上不上，下不下的……

（我的說法惹得安安笑了出來）

答：幼稚園讓我覺得很棒。像蒙特梭利，只要到國外進修一年，並不算太難。這是我一直以來都沒有放棄的目標……或許，我一直都沒有太擔心，是因為我知道姊姊會賺大錢。

（她的說法讓我們兩個都笑了。然後我突然問她，她在乎別人嗎？安安說，愈來愈不在乎，她在乎別人的感受，但是不在乎別人對她的看法。她從小就覺得，她要跟別人不一樣，別人要那樣，好，她就要這樣。她一說，我馬上表示同意，是啊是啊，妳是有這個「毛病」。我們兩個人又大笑。不過我們也都同意，「不在乎」並不是一件容易的事。安安說，有一些別人認為是無聊的堅持會讓她自己感到開心。她舉高中男女生的關係為例，有人覺得彼此之間有一些親暱的動作也無所謂，但她自己就絕對不能接受，除非是男女朋友。然後我就接著問了她下面的問題。）

問：講到這一點，這和妳的宗教信仰有關嗎？

答：有！（肯定的）

問：妳是基督徒，對妳來說，宗教的意義是什麼？

答：宗教是我生命中很重要的一塊。有些事會過去，但是我的信仰和家人會一直跟著我，妳可以相信他們。

問：有沒有在什麼時刻，比方在妳國二或者在加拿大的時候，宗教信仰給妳很大的支持？

答：一直都有。可能是受了爸爸媽媽的影響吧，我們把信仰放在家庭之中，很多事情是因著信仰、因為我們相信上帝而作出決定。基督徒有很多原則……對我來說是理所當然的。

問：在成長過程中沒有過懷疑嗎？

答：遇到困難的時刻，信仰會給妳力量，但不是馬上的實質幫助。不過……偶爾還是有吧！但是媽媽就會說大家一起禱告……也許從小都還滿順利的，所以其實還好。

問：聖經中妳最喜歡讀的是……

答：〈詩篇〉。我會每天讀一篇……

問：《新約》呢？

答：我喜歡四個〈福音書〉，有一些很生動的故事。我也滿喜歡〈約伯記〉（《舊約》），講約伯受苦難，但他還是一樣愛上帝。好像很少人喜歡〈約伯記〉，可能是因為有點枯燥，可是我還滿喜歡的。〈哥林多〉前、後（《新約》）我也滿喜歡的。我喜歡《新約》勝過《舊約》，比較活潑。

問：妳常常在信仰中禱告，獲得一種安定感？

答：對！

問：所以妳應該沒辦法想像，哪一天妳和妳的宗教漸行漸遠？

答：沒辦法。

問：我在德國的時候也常常和朋友們討論宗教，雖然大家都說政治和宗教最好不要在人群中談論。我對政治不太感興趣，但對宗教卻非常地感興趣，所以就廣泛而直接地問朋友，「你是基督徒，你相信上帝嗎？」出乎意料之外的，只有很少很少的人能夠直接回答我，他相信。大部分要嘛乾脆回答，不！要嘛就遲疑了老半天，答案說不出來。答不出來，就是答案了。我只遇過一個白俄羅斯的女孩子和一個瑞士德國混血的女孩子，毫不猶豫地說「是！」宗教在歐美是不斷地世俗化，不過，這個問題對妳應該不是困擾？

答：嗯。它好像是一個不會改變的……它會一直都在那裡。

問：所以宗教信仰也會影響妳以後的擇偶條件？（笑）

答：會！他必須也是一個基督徒。

問：所以妳可能會在教會裡遇到妳的「他」？

答：對！（我們兩個人都笑了）

問：那麼對於其它不同的宗教，尤其是在台灣，兩個最大的宗教團體佛教和道教……（安安很詫異台灣的道教徒比基督徒多*），妳對於其它不同的宗教有什麼想法？

答：我其實不是很了解吔。不過我不是很喜歡那種感覺……

問：什麼感覺？

答：就是有人過世了，要招魂啊什麼的，那些道士會唱一些歌，教我很害怕……我以前參加過一個長輩的儀式，佛教的，回來以後會不舒服。可能是因為我的信仰吧，因為我們基督教是很安靜、平和的。如果我沒有信仰，可能就還好。不過我不是排斥他們，每個人都有他信仰的權利。

問：對摩門教……妳有什麼看法？

答：我覺得他們很煩吔！（我們兩個都大笑）他們每次都一直按電鈴！有一次我媽媽就請他們進來，跟我們一起分享。其實他們滿可愛的，因為是外國人，講中文就有點好笑。但是對我們來說，他們和我們不一樣。

我最後又問了安安，到目前為止影響她最大的人是誰？「是媽媽。」她說媽媽為她改變了最多，最遷就她。我就說聽起來應該反過來，是她影響了媽媽最多吧？安安笑說，那不是好的影響。她說，媽媽為了她作了很多調整，她們的關係就像在衝突之中磨合，現在已經培養出一種默契。她覺得媽媽是一個非常好的榜樣，她每次都想要加入她和姊姊講祕密（安安說，真的很好笑）……安安覺得媽媽愈來愈年輕，像朋友一樣。媽媽很能夠愛別人，她自己有時候遇到不喜歡的人，就會說「他怎麼可以這樣子啊，我不喜歡！」但媽媽可以愛……即使她不喜歡的人，她很樂於分享。安安說她現在比較會聽媽媽的意見，會學著慢慢地聽和慢慢地說，也會和別人分享。

我說，在個性上她像爸爸，後來卻受媽媽的影響比較大，那麼她現在的個性更像媽媽了嗎？安安說，她有自己像媽媽的方式，不過她本來的個性還在，她也沒有打算放棄。安安覺得，現在的媽媽比姊姊還了解她，甚至有時候比她自己還了解她自己……

安安喜歡讀「見證」，也喜歡幾米的書。哲學，對她來說是太遙遠了。她也看不懂漫畫，她不知道從第一格接著要跳到哪一格……

她想對爸爸說，要注意健康。對媽媽，她想說謝謝。對姊姊，她希望姊姊能完成她自己的夢想。而對於我們的對話，安安說，透過問題，她可以整理自己的思緒，不僅是回答別人，同時也是告訴自己什麼才是真的，也算是自我了解的一種方法。她對自己說，她想成為一個喜歡自己的人，也希望能成為一個無論在哪裡、做什麼，都可以很自在的人。

看得出來，安安是很喜歡現在的自己。而且她說所有這些話的時候，還是一樣自在。

*

台灣的宗教信仰人口並沒有完整的官方統計。根據美國國務院「民主、人權和勞工事務局」2008年9月19日發布的「2008年國際宗教自由報告」（該報告關於台灣的敘述，參考了內政部民政司宗教輔導科的資料），台灣人口中有35%自認為佛教徒，33%自認為道教徒，是最大的兩個宗教團體。但是他們之中有不少人自認為是佛教徒，同時也是道教徒。除了佛教和道教，其它宗教的信仰人口都不到5%，例如一貫道、天帝教、天德教、理教、軒轅教（黃帝教）、天理教、宇宙彌勒皇教、亥子道、中華儒教會、中華聖教、大易教、先天救教及黃中教等。在中國傳統宗教之外，有小部分百分比的人自認為是新教徒、羅馬天主教徒或遜尼派伊斯蘭教徒。一些外國宗教的傳教團體，例如山達基教會、巴哈伊教、耶和華見證人會、真光教會、耶穌基督末世聖徒教會（即摩門教），以及統一教均登記有案。其它的基督教派則包括了有：長老會、真耶穌會、浸信會、路德會、基督復臨安息日會、聖公會等。另外還有少數猶太教信徒，主要是外國僑民。在人口總數約48萬4千人的台灣原住民中，將近70%是基督徒。法輪功會員則有60萬左右，不過法輪功登記的是民間團體，而不是宗教團體。除了信仰有組織的宗教，台灣人還普遍尊奉深植於中國文化的多種信仰，可以統稱為「中國傳統民俗宗教」，這些信仰可能包括了某些面向的薩滿教、祖先崇奉、信仰鬼神和其他神靈，以及動物崇拜等等。根據研究人員和學者的估計，多達80%的台灣人信奉某種形式的傳統民俗宗教。這類民俗宗教可能和個人對佛教、道教、儒教或者其它中國傳統宗教的信仰，同時並存。至於不信教的人口，「2008年國際宗教自由報告」並沒有提出，但是前年的「2007年國際宗教自由報告」則估計大約是14%。

（參考美國國務院「2008年國際宗教自由報告」[2008 Report on International Religious Freedom, released by the Bureau of Democracy, Human Rights, and Labor] 關於台灣的部分）

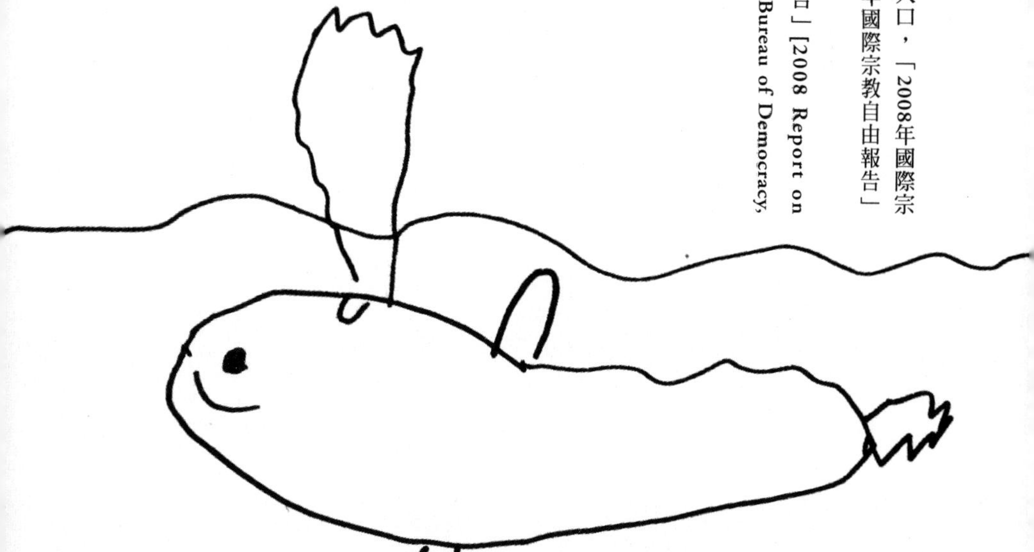

六角之戀

他需要一扇窗口，把自己隱身起來，又需要另一扇窗口，教別人能看見他。他在那兩扇窗口之間徘徊，有時候會選錯了窗口現身，在不需要他的窗口猛然一擊，但是他自己又對那扇錯誤的窗口沒有任何記憶。對他來說，一扇錯誤的窗口，就是一扇不存在的窗口。

一九八九年出生的AL，現在讀大學傳播系二年級。我最早認識他的時候，他還沒進幼稚園，從一開始他就吸引了我的注意，多麼特別的孩子啊，沒半個大人的身子高，但是眼神卻藏著異樣的光采。我說「藏」，是真的，他不是那種光芒外露的人，處處想要彰顯自己的存在，他一直都很內斂，從小時候就已經是這樣子。不過雖然他並不想彰顯自己的存在，但你還是感覺得出來他對存在感的焦慮。

AL小學的時候情緒很不穩定，碰到事情每每控制不住，也常常和人打架，但是打了人以後卻又一點印象都沒有。問他為什麼那麼做？他就覺得奇怪，吔，他有嗎？他形容那種感覺就像是有些東西從眼前「飄」過去，然後那段時間就沒了，感覺不是自己的。這種「飄」過去的感覺幾乎每天都有，打架也是。

他後來慶幸說，好在沒鬧出人命。不過對某個同學他一直很感歉疚，因為有一次兩個人吵架，他一時失控把那個同學從講台摔到門外，還傷了人家的耳朵。對這件事他仍然一點印象也沒有。但現在只要想到那位同學的名字，他就覺得愧疚把人家耳朵弄傷了。不過也許因為這件事，他後來好像比較沒那麼暴力了。他說，寧可被人家叫「俗辣」，也不要再傷害人了。

我問他是因為憤怒嗎？他說不知道。

AL的父母在他小學五年級的時候協議分居直到現在。

我問他，「爸爸媽媽的關係從什麼時候開始影響到你？」

他直接了當地回答，「爸爸離開家那時候吧，在那以前沒什麼感覺。」

「當時最直接的感覺是什麼？」

他停了好一陣子，才說，「沒有感覺。那時候還是小孩子嘛，你也不知道發生了什麼事，只知道父母親吵架。當時也沒有難過，就只是感覺空空的，事情一片空白，你不知道該講什麼，也不知道該怎麼講，所以就選擇逃啊。」

「爸爸媽媽有沒有和你談這件事？」

「沒有。因為我根本不想跟他們談。他們要和我談，我就說，『你不要跟我講。』我也懶得知道。」

「那你後來有再去想這件事嗎？」

「我不太敢想這件事。因為每次想到過去，就不知道未來該做什麼。一想到事情可能也會發生在我身上，我就會怕。」

「你不覺得，有些事在內心引起的衝突感愈強，對自己本身的成長就愈關鍵？」

「它其實是埋在土裡面。埋久了，你也記不太起來了。」

「你是說忘得差不多，還是埋得太深？」

「怎麼講？有幾個畫面你是不會忘掉的，就像我爸要離開的那天吧，我爸和我媽吵，然後就拿花盆往地上砸……」

「所以像這樣的婚姻，你會有距離感，還是排斥嗎？」

「排斥。你一方面會期待感情，但是你又會抗拒它，誰知道哪天不是你背叛人家，就是人家背叛你，所以乾脆都不要最好。你當然還是會希望有女生靠著你，你也可以靠著她，可是誰知道哪一天……」

AL始終給我一種早熟的感覺，從小就是，他也認為自己頗有特立獨行的味道。我說，「你後來比較成熟了，難道不想和爸媽談一談？」

「不想。」他每次的短答，聲音聽起來都斬釘截鐵一般。「我媽想跟我講，但是我不想聽，聽也是白聽，講也是白講。我爸也想跟我談，但他每次都喝醉。唉，發生這種事，你根本不知道該相信誰。其實我是比較相信我媽啦，但是如果說我不能那麼相信我爸，他又是我爸。照理說，最親的人不是應該也是最值得相信的人……」

「不過要是永遠不講，會不會那個『結』永遠都在？」

「那對我來說不算『結』，那就像垃圾一樣，丟掉了。」

「垃圾裡面不是還藏了別的東西？」

「沒有啦！過去的事丟了就丟了。」

「但很明顯啊，你現在對愛情、婚姻、家庭的想法，難道沒有受了影

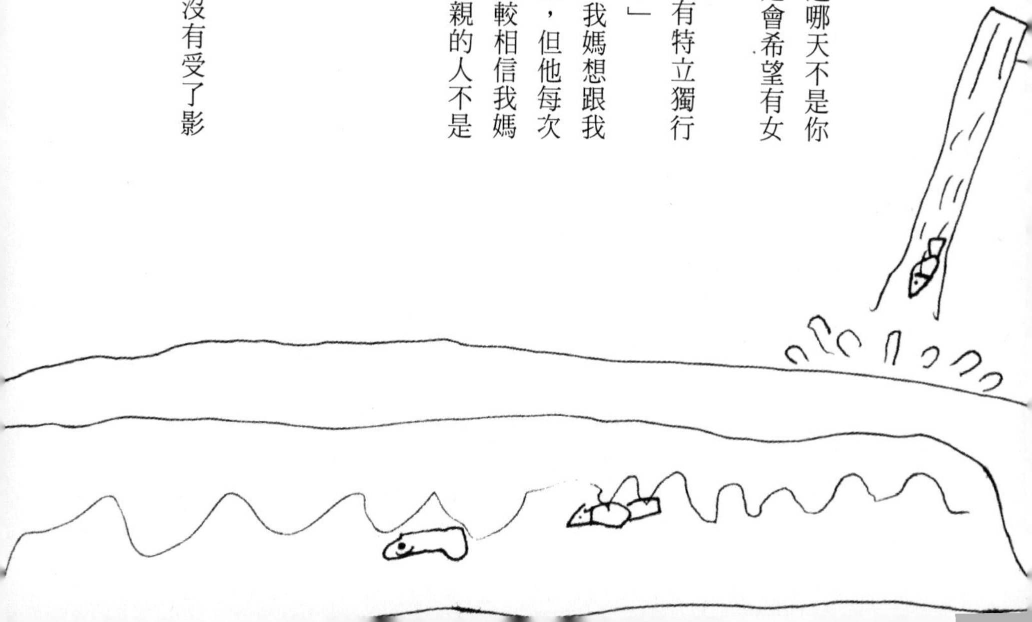

響？」

「那是後來又發生了別的事才影響的。你後來遇到女生……你發現婚姻其實還滿……脆弱的，只是一張紙而已，大家蓋了章，就有了合法性。」

「所以你現在不只是對婚姻沒有信心，對人與人……」我笑著對他說。但話還沒說完，就被他搶走了，「看人啦！像我其實算幸運的，我遇到的人都還好，要壞不壞的，也不會拐你、坑你……」

「所以友誼對你很重要，比愛情還重要？」

「還重要。」

「比家人？」

「當然是家人重要了！」但他馬上又補充了一句，說家有時候對他而言又像旅館。

「那不就是說家並不重要？」

「當然重要啊！因為我有時候要回去照顧我奶奶！」AL離家念大學，他會利用周末回去看家人。

「你會和朋友談你的愛情嗎？」

「會啊！可是我的愛情都是失敗的。」我們兩個都笑了出來。從朋友那裡，AL也獲得一些建議，不過因為每個人講的不一樣，最後他還是只能按照自己的意思做。因為他的特立獨行，我有點擔心他的人際關係，AL卻說沒問題，他的朋友總是這樣虧他，「六角每次到新的團體，總是很快跟人家打成一片。」

AL高中的時候臉長得像六角形。

然而，AL卻刻意和現在的大學同學保持距離。

「因為女生太多了，」他說，「我對女生真的很沒轍，你不知道怎麼跟她們聊，也不知道她們怎麼看你。男生和男生之間有話就直講，像國中高中的時候，講一講有些髒話就飆出來，但是和女生你也不能……所以你就覺得很無聊。」

「你只是不知道怎麼和女生說話吧！」我取笑他，「和女生在一起會不自在嗎？」

「會。你就是不知道跟她們聊什麼，但也不是說討厭她們。」

「我覺得你應該還滿有女生緣的。」我真的這樣覺得。雖然，我也覺得他長得真是有幾分像……西藏人？

「沒有啊！大概是因為我不太會打扮吧！我朋友就講，如果人家第一眼看你穿Levi's，球鞋穿Nike的，手上再戴個什麼錶，頭髮再抓一抓，胸口再掛一條鏈子，人家靠近的感覺就不一樣。哪像我，每次都穿一些奇怪的T恤，很隨便的衣服。還有長相……」

「你長得還滿可愛的。」說實在的，用「可愛」來形容他是有點出格，不過，「還有個性啊，她們應該可以感覺出來，你滿有個性的。」

他笑了笑，像一個年輕的西藏僧侶那樣的無邪的笑容，「不知道。我不是說嗎，我對女生很不熟。」

「聽起來好像你對自己沒什麼信心？」我試探性地問他。

「是啊，沒什麼自信。從國中開始吧，有些事你就是沒什麼把握，例如功課、長相、身高，還有錢啊……」

「腦袋呢？」

「腦袋就是功課啊！」

「腦袋怎麼會等於功課？」

「哎呀，像有時候我朋友就會說，你其實懂的不少，為什麼都不講？為什麼要講！」

「所以原來你是彆扭！」我大笑。

「這哪是彆扭！」他還在拗，「怎麼講？有時候你說多了，人家會說你很臭屁。」

這就是彆扭。

他覺得高中比較好玩，每天和同學們打打鬧鬧的，現在和大學同學則都沒什麼互動。他們班的上課出席率不算高，「還好有女生」，少數的男生也會去，他就是其中一個。他說他們班很特別，同學彼此間的感情好到「非常非常非常非常」好。他一連用了四個「非常」。但他自己是圈外的。他也不是冷漠，只是「不主動」，如果別人需要幫忙，他也會伸出援手。不過傳播系辦系刊，學姊來拉人，他就推說懶得採訪。他寧願一個人騎著摩托車四處晃。

問他騎不騎他的125去環島，他說曾經有這個念頭，「但是開銷太大了。」不全是吃住的問題，還有油錢，另外，「跑一千公里就要換一次機油，跑三千公里換一次齒輪油，加起來跑完台灣一圈剛好要多花兩千塊。」

不騎車的時候，他就上電腦，「魔獸爭霸」是他最常玩的網路遊戲，每天都打上三四個小時，假日的時候更多。

不玩「魔獸爭霸」的時候，他就看「維基百科」，想到什麼就查什麼，從一個詞條到另一個詞條。

AL從以前就喜歡歷史、地理，高中的時候就擁有不錯的底子，但是他不愛現，最後總是同學們發現原來他都知道答案，關於一些戰役的細節甚至還很清楚。他也喜歡讀《三國》、《水滸》，「但維基裡面講《水滸》人物的也沒有很多。而且，《水滸》的後面太悲情了，書前面遭遇的盡是宋朝正規軍，那麼爛，怎麼打都贏，但是到後來征方臘，才出陣面對敵將一下子就戰死了，另一個要來報仇，背後又中了一箭，幾乎所有地煞都在那裡慘死光了。太悲情了，所以七十回以後要草草帶過。」

他也讀了《玫瑰的名字》*。我問他，《玫瑰的名字》的主題是什麼？他想了一下，回答說，「主題哦，應該是對現代社會的批判吧！像是宗教人士的斂財……」我打斷他，「不是理性和信仰的衝突嗎？巴斯克維爾的威廉代表的是理性，對知識的渴望，另一方面則是宗教，那個瞎了眼的……」

「宗教是感性，」AL說，「教會想利用無知來控制人吧！」

「無知會造成恐懼，而無知又恐懼……」我接著說。

「就更好掌握了，所以如果教會掌握了知識……」

「知識就是權力啊！」

「沒錯，不過現在知識已經泛濫了。」

「說知識泛濫，倒不如說是資訊泛濫，資訊不等於知識，資訊更是消費性的……」

「是啊，就像我那個修機車的朋友說的，如果網路上那些講機車改裝的人真的那麼厲害，為什麼他們不出來修車呢？每個都講得那麼神，每個人都可以教人家怎麼改車。我以前會覺得他們說的都是真的，後來問我朋友，他就說，『哦？是嗎？那為什麼我改出來的不是那個樣子？』像有些人建議要『汽缸加大、管子加大』，但最後根本只剩下『聲音大』而已。」

只要一談起車子，AL的眼神就藏也藏不住了。他看到我研究室裡牆壁上貼著一張米其林的世界地圖，就說「米其林的輪胎是最棒的。」他媽媽說得沒錯，摩托車是他的最愛。

在AL被允許騎摩托車之前，他有很長一段時間迷「射擊」，從小學開始，他就愛玩射擊電玩。到高一下的某一天，他和表弟騎腳踏車經過北投捷運站，發現附近新開了一家「槍店」賣槍。那時候他剛好耽玩CS（Counter Strike，一種網路射擊遊戲），所以「想也沒想就走進去了。」

高中以後，他們常常一群人跑到荒山野嶺的地方玩「生存遊戲」**，有的時候用電槍，有的時候是BB槍，有的時候打漆彈。他說電槍只要戴防護眼鏡就好了，漆彈則規定一定要戴全部護具。我問他，「BB彈直接打在皮膚上很痛吧？」他說，「打在身上還穿著衣服都很痛。」他們玩「生存遊戲」最少八個人，每隊四個。「最多呢？」他說上次去台中大雅大概三百個

吧！（不過不是那種一次全上的大混戰。）這些玩家都加入個別的網路家族，隨時能獲得新的訊息。

「射擊好玩在哪裡？」我問他。

「刺激啊！你給人家一槍，或者偷偷溜到他身邊，然後輕輕告訴他，『喂，你死了！』」他說話之間露出了得意的表情，「射擊其實滿講究團隊的。」

「那麼射擊和騎摩托車有什麼共通性？」

他咬著餅乾，停了三秒鐘，乾脆地回答，「沒有吧！」

AL的媽媽是個虔誠的藏傳佛教徒。我問AL，這對他有沒有什麼影響？他答非所問地回答我，「我覺得我媽太善良了。」他說他媽沒有半點害人之心（我完全同意），把生活當修行。他自己就做不到，他喜歡自由自在，不想信什麼宗教。他說他是無神論者，但有時候想想又好像也不能否認鬼神的存在，他沒有那麼極端，認為鬼神一定是騙人的、是假的。說著說著，他也坦白承認偶爾還是會上香拜拜什麼的，「不過，這樣還算無神論嗎？」他問了自己一個問題。

「你為什麼上香拜拜？」我追問。

「對內心祈求平安吧？」

「你是說對內心，還是對那個神？」

「對自己內心。我媽說，其實佛不是存在於表象，而是存在於慈悲心。所以每次你看到佛像時，就像看一面鏡子，其實是反映你的內心。我非常相信神佛只是內心反射出來的……」

「神佛是這樣，那魔……」

「魔當然也是！所以重點就在於看自己怎麼想……」

「如果這樣，我們怎麼確定人的心念起動的時候，不會是跑到魔的那一邊？」

「就看你的動機和結果囉，當然還有過程……」

「你怎樣決定一件事情是應該還是不應該？」

他好像一時之間找不到合適的解釋。於是我又接著說，「比方你會這樣考慮嗎，一件事情如果會對別人造成傷害，那它就是不應該？」

「沒錯！」他爽快地認同了，「這是一個標準，不能傷害別人或者占人家便宜。可是『嘴炮』不算。」

「什麼是『嘴炮』？」我坦白從沒聽過這個詞。

「『嘴炮』***哦，其實就是耍嘴皮子，雙方人馬在那邊互嗆、罵髒話啊什麼的。」
「所以『嘴炮』對你來說不算占人家便宜？」
「不算。」他笑了笑。
「那麼你有沒有想過，也許有一天你會信仰某個宗教？」
「有可能，可是我不會去信基督教、天主教或回教（伊斯蘭教），應該會信佛教吧。佛教沒有排它性，佛教是講求個人境界的提升。像我媽的上師，他自己有什麼，從來不會吝嗇給人家。我有時候問我媽說，『師父什麼都沒有，每次都把東西給別人，那他自己怎麼辦？』我媽就說，『師父活著就是為了大家，不是為自己。』沒錯，所以有些時候你就會覺得，不應該占人家便宜，要去幫助別人。如果我自己能夠做到這些，我就覺得很厲害了。」
「那你有沒有想過佛教講的『解脫』？」
「我問過我媽相不相信輪迴，她相信，可是我就覺得人死了就死了，你又不可能看到下一世，對不對？所以我對它抱持懷疑。可是我又相信，就算靈魂沒有了，肉體也沒有了，但一定還會有某種東西回……回那個……」
「你這不是輪迴嗎？」
「有可能哪！」

「可是你這樣不是不一致嗎？」

「不一定啊！人死之後化成粉，裡面還有一堆粒子啊……」

「我覺得你其實比較接近『不可知論』，對於像輪迴、上帝是不是存在，你是抱持著一種懷疑的態度，認為人根本沒辦法知道，除非有人可以證明給你看。」

「沒錯。」

「所以你是一個還滿強調理性和知識的人？」

「不過感性也很重要。」

「你能夠在理性和感性之中保持平衡嗎？」

「我當然是感性比較多啦！平常是感性比較多，真正處理事情的時候才會變成理性比較多。」

「哦？這是什麼意思？」

「像我平常很混，只有當事情來的時候才會用理性。」

「你的意思是說，如果你今天理性高度夠的話，就應該連平常也會用理性來規劃生活，可是事實上你沒有？你比較順著自己的念頭？」

「對啊，想睡覺就去睡覺囉！」

「說了你別笑，其實我以前對你有個印象，你總是給我一種虛無主義的感覺……」我自己反而笑了。

「我本來就很虛無啊！可是你不覺得這有點像禪宗嗎？」

「啊，禪宗不一定虛無哦！」

「老莊啦！老莊才對啦！」

「老莊是不是能說虛無……」

「清談啦！」

「對你來說，任何事情都可以清談嗎？政治、家庭問題……」

「你不能這麼問。有些事當然不能，不過八卦我一定會清談……」

「如果你對人生所有那些『重要』的事也都能用清談的方式看待，那你才能說像是魏晉的清談……」

「我哪有那麼厲害！」

「所以你某種程度上還是相當入世的？」

「對啊！不過應該還是在兩者之間吧，就像黑和白中間，灰色的最多，所以我當然選擇站在灰色的地帶……」

「這有什麼好處？」

「可以隨時靠一邊站？」

「你覺不覺得人生有些事是必須堅持的？」

「有啊，作人要有格調，不能太下賤，不能出賣朋友、害人、坑人、從後面捅人家。」

「你這個價值觀是從哪裡來的？從宗教嗎？」

「不是。」

「儒家？」

「也不是。」他猶豫了一下，又說，「也不是『投名狀』。」

「所以按照剛剛的說法，你到底還能不能算是虛無主義者？」

「不算吧！但是也許有一半也算……」

「哪一半？」

「就是灰色的嘛……」

我們後來又聊了他對「性」的想法。AL說他不是沒興趣，不過他說話的聲音卻開始變得有點含糊不清了。他說有一次和他媽開玩笑，說她也許以後到他家，發現七八個正妹同時住在他那裡，「每一個都是妳媳婦。」他媽聽了差點沒昏過去。

AL說他就想和異性維持這種好來好去的關係，彼此不必有太多承諾，「性和愛是分開來的。」對於那些不能接受這種觀念的女生來說，「那我們也可以只是聊天的朋友，她心情不好的時候來找我，我也不會亂她。」可是當我又再問了一次，「你真的可以把性和愛分開嗎？」他這次卻回答，「其實也不行啦！一個就好了。」我想也是。

問他喜歡什麼樣的女孩子，他說，「要有格調。」他不喜歡虛榮的女孩子。但是如果女生採取主動，兩個人又「格調」相近，他卻又說會踩剎車，「因為靠太近會看不清楚。」他希望透過一點距離，從各個側面去觀察她，靠太近反而會失焦。對他來說，「朋友」是一個不錯的距離，「男女朋友」則太近了。可是作「朋友」久了，難道不會考慮進一步成為「男女朋友」？如果永遠當「朋友」，算哪門子「男女朋友」？

當我這麼問他時，他愣了一下下，「嘿，該怎麼講呢？反正當我女朋友，幾乎就像是未婚妻了吧？」這是對於男女朋友關係的一個有點新的解釋。

「所以女孩子也討厭我這一點，好像我都只把人當一般朋友看，也許吧，她們覺得我很冷淡。」但他也不是沒有喜歡的人，兩三個月前他喜歡上一個女孩，但是對方還有其他男朋友，並沒特別重視他，只把他當好人用，「被發『好人卡』的那一種」，他自嘲地說。AL看上她的是頭腦好和個性開朗，但是久了也發現不好相處，開不起男女之間的玩笑。

「像我每次都虧她，妳最近又有男朋友了？她就會說，『明明就沒有，你為什麼這樣說。』於是火就上來了。」

我說，「AL，你這是吃醋嗎？」

他否認。

回顧過去，他認為自己有雙重人格，常常會有不同的聲音在耳邊響起。例如要是考試很難，當他考慮要不要作弊時，就會有一個聲音告訴他，「要認真念書啦」；另一個就說，「偶爾看一下旁邊的人也沒關係。」等到真的要作弊了，覺得良心很不安，這時候另一個聲音就又會說，「你不作，人家也會作。」就好像腦袋裡面有一堆人圍在一起討論，七嘴八舌地幫倒忙，最後反而不知道該怎麼辦才好。

問他以後想做什麼？他說要當「修車工」。學傳播的最後去修車？他說有什麼關係，他媽現在也看開了，說他如果有執照就去修吧，不像以前嘴巴還會唸，「你要對社會有貢獻啊，當什麼修車工，去當記者吧。」修車能帶給他莫大的滿足感。

我的最後一個問題是，「你以前對自己的想法和現在對自己的想法有沒有什麼改變？」

AI頓了一下，似懂非懂地看著我，然後回答，「這是個好問題……我從來沒有想過。」

就讓這個你沒想過的問題，當作我們下一次對話的起點吧。

* 《玫瑰的名字》說的是歐洲中世紀末期(1327)，一個年輕的本篤會見習僧跟隨他的方濟會導師「威廉」，為了調和神聖羅馬帝國皇帝和教皇的紛爭而奔走時，在義大利某個本篤會修道院所經歷的一連串神祕的謀殺事件。

** 生存遊戲（Survival Game，有時候也叫作War Game），是參與者主要以氣槍（Air Soft Gun，即發射BB彈的空氣槍，國外的生存遊戲就叫作Airsoft）、瓦斯槍或電槍為武器，模擬實際戰爭的戰鬥情況的一種戶外活動。

*** 根據維基百科的解釋，「嘴炮」又稱「嘴砲」，泛指滿足發言者單方面心理需求的無意義言論，例如沒有建設性的空泛意見。「嘴炮」是台灣青少年和網路族群用以自嘲，或評論他人言論不具實質內容與溝通誠意的常用語。通常說「打嘴炮」，是由暗指性交行為的「打砲」一詞發展而來，有透過口腔而獲得快感的意思。

棕兔的祕密

拇拇的爸爸和媽媽都患有小兒麻痺，但是他沒有。

用這樣一句話當開頭，連我自己都覺得有點奇怪，但是我有我的原因。拇拇的媽媽是我的同事，本來不在同一個辦公室，因為我調了職務才認識的。拇拇那時候讀幼稚園小班，常來辦公室陪他媽媽，我回憶起第一次看到他的時候，自己竟然特別留意他的腳、他走路的樣子。真是糟糕！我到底在想什麼，小兒麻痺是不會遺傳的！

拇拇的腮頰總像是貼著肉片，一付就要垂下來的樣子，而且似露不露著兩三道青色的血管，兩隻細細長長的眼睛很有笑意，笑起來嘴巴自然張開，看得到他的門牙缺了兩顆。他的頭型也是長長的，整張臉讓人想起了墨西哥關於月亮傳說中的兔子。那隻兔子也不是別的，其實就是我們在中秋節時說的同一隻。

說起兔子，人們總是說吃紅蘿蔔對眼睛好，而兔子是很喜歡吃紅蘿蔔的，所以我以為這應該能夠證明兔子有極好的視力，如果這不能同時也作為他紅眼睛的證明的話。但是那一次復活節前後和一隻棕兔擦身而過的經驗，讓我有了不同的想法。

事情是這樣的：

我和妻子習慣飯後在田間散步。從家裡出了大門右轉，一直走到底，一路上我們可以聞到春天的泥土味，交織著百花的香氣和千種姿態。正黃的迎春花早在二三月間就從枝頭上迸出來，開了滿滿一座園子——別人的園子——而白色的鈴蘭只是安靜地站在翠綠的水仙旁邊。

這條小街喚作Dorfgraben，德文的Dorf是村莊的意思，Graben則是溝渠，也許這裡以前有過一段環繞著當地村莊的渠道？小街走到底，左轉下行，會遇見真正的小溪，沿溪有多少戶人家租佃的小塊小塊耕植區。但是今天我們選擇了小路到底向右轉。上行之後，先要經過當地的公共墓園，接著就是一大片連著一大片的馬鈴薯田，都犁過了，還沒播種。

我們在馬鈴薯田間散著步，剛剛過了馬場，遠遠地就看見馬路上那隻棕

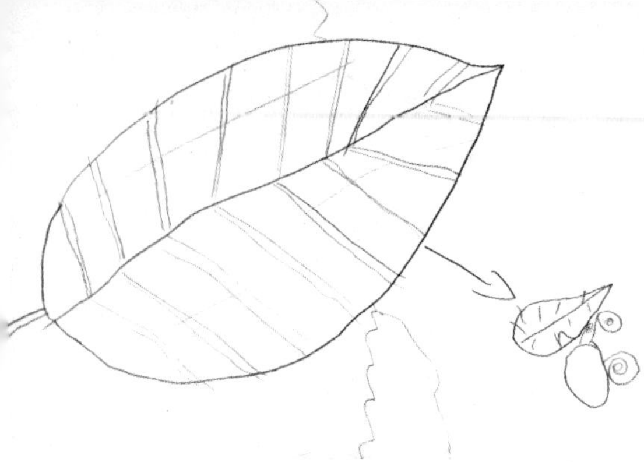

兔，坐著後腿，把身體立正了，耳朵豎得尖尖的，偶爾搖著腦袋，就像一隻鳥兒瞬間轉動牠們的頭那樣，沒有漸層地瞬間就晃了過去。我和妻子說，我們站定不動，看看會有什麼事發生。北國的風吹起來仍然有一股寒涼，陽光下，我們感受著熨貼在夾克上微暖的春意。

現在是下午略近傍晚時分，路上一個人、一條狗、一輛車、一匹馬都沒有。妻子和我四隻眼睛盯著棕兔，棕兔也望著我們的方向。然後，牠優哉游哉地一個躍步、一個躍步地朝著我們前進，四周只有風的聲音。我們兩個人就那樣杵在馬路上，就像，或許就像兩段低矮的樹幹，而且沒有任何枝條，又不長葉子。棕兔一步步地愈跳愈近，我們必須強力忍住，因為我們快爆笑開來了……

「然後呢？」

在那一刻，我想像著有一天，要把這個故事說給拇拇聽，而他會追著問。

然後，棕兔一跳一跳，就在我們身邊，距離不到半公尺的地方，停了下來。牠還是一樣坐著有力的後腿，把肥嘟嘟的身體立正了，豎起尖尖的耳朵，凸出的眼珠子還四下裡張望！

我們的脖子開始顫動，嘴巴卻依舊緊緊咬住，呼吸幾乎就要噴嗆起來，但我們還是忍住了。直到牠繼續往我們的身後跳了十來公尺，我們才失聲笑了出來。這幾聲狂放的笑竟然還是嚇著了牠，牠迅速地左轉奔向田間，在幾次縱躍之後，隱身到馬場另一邊的林地周緣。

從那時候起，我就打心底不相信紅蘿蔔和視力之間的關係。如果兔子喜歡紅蘿蔔，那是因為牠們就是喜歡那個味道而已。

看拇拇小學以前的畫作，簡直是天才。我們在懷德街的客廳，就掛著他的一幅畫。藍色的畫紙上，他用白蠟筆簡單的線條畫出了一隻頂天立地的鶴，有著扭動的長脖子和一碰就要折斷的膝關節，占了整整四分之三的畫面。白鶴的腳下是一頭紅色的牛，同樣只有線條的勾勒，扁平的牛臉朝向正前方瞪著你，為他和白鶴的不成比例感到一絲絲尷尬。紅牛的旁邊是一個圓桶，裡面塞著什麼尖尖的東西，擠滿了桶口，也比牛身大。桶子的下面是一片稀疏的草地。草地上的鶴昂首回眸，牠身上騎坐著一個小人。

「拇拇，你這張畫，伯母和伯伯都看懂了，但是桶子裡是什麼？」

「是鶴愛吃的魚啊。」

「所以那些點點……」

「是魚的眼睛。」

「魚怎麼會在桶子裡呢？」

「是我抓的。」

「你一個人抓那麼多？」

「因為鶴很餓，牠長得很瘦。」拇拇說著說著，臉頰上那兩三道青色的血管好像泛紅了一樣。

「那牛呢？為什麼牛這麼小，比魚還小？」

「牛也很餓，可是牛不愛吃魚。」

「牛吃草啊，這裡有一點草。」

「可是牛怕鶴，所以牠不敢吃。」

「牛怎麼會怕鶴？」

「這是一隻很大很大的鶴。伯伯你看，這個小人是我。」

「那你在鶴的脖子上面作什麼？」

「我怕那隻紅色的牛。」

拇拇從小愛喝牛奶，幾乎把牛奶當開水喝，他來辦公室陪媽媽的時候，總是伴著一大瓶鮮奶，而且每喝上一口，就在嘴角邊留下了一抹牛奶白

的痕跡，完全是電視廣告裡小孩子的模樣。

拇拇的幼稚園是雙語的，園長很看重英語教學，園裡也真的請了幾個外國老師，教這些連中文都還寫不好的孩子。拇拇顯然沒有這方面的天分，興趣也缺缺，常常聽不懂人家要做什麼，儘管如此，他是不太抱怨的，不會耍性子、鬧蹺課。他在教室裡仍然一臉笑意，教那些外籍老師對他無可奈何。（拇拇的英文名字叫作Vincent，有一次我太太告訴他Vincent的法語發音，他聽了只是咧著嘴笑笑，連重複唸一遍都沒有。）

也許正因為這樣，拇拇的人緣好極了，尤其是女孩子緣。最喜歡他的一個叫明蒂，他在幼稚園的三、四年之間（上小學之後還繼續去），因為明蒂的媽媽和拇拇的媽媽彼此談得來，所以幾乎是被迫中獎地，每個禮拜都會和明蒂喝一回下午茶。

待在雙語幼稚園的那幾年，拇拇偶爾跟我們去天玉街上有名的冰淇淋店對面的一家簡餐店。二樓的店面不大，充滿了爵士風味，兩個年輕人自己出來奮鬥所開的第二家店，前一次是賣衣服。阿華掌理吧台，調酒、咖啡和各式飲料都出自他沉默的手裡，女主人小如管廚房，能燒出一手可口的中式菜肴，而且喜歡和客人哈啦。我們在那裡認識的克里斯，後來成了拇拇和明蒂的英語家教老師。拇拇很喜歡在那裡吃飯，因為是用刀叉，還有就是小如姊姊的湯品，每天都有變化。

直到後來有一天小如告訴我們，店不想開了，因為雖然喜歡煮菜，但是每天窩在廚房，被那堆油煙都弄煩了。阿華說，煩就不要開，她一聽，性子上來，就不幹了。其實我們都知道開店的辛苦，也知道他們兩個人分分合合的故事。就在那同一年之間，爵士風情真的歇業了，克里斯也走人了，明蒂又接著搬家了，然後拇拇也改名了。跟上潮流，拇拇的爸爸那時候也到大陸創業，剛開始不很順利，得高人指點，一家三口都改了名字。不過我們仍然喊他拇拇。

拇拇讀大屯國小，是市立的田園教學式的實驗學校。他爸爸媽媽所以把他送到大屯，主要是不想讓他承受過多的學習壓力，像普通小學，一進去就是功課至上。拇拇生性疏朗，也許蔬菜栽培、昆蟲生態研究會很合他的口味；另一方面，大屯離他們在北投的家也不遠，他可以自己搭公車上下學。拇拇完全沒有問題，剛開始還是阿嬤接送他到車站，但很快他就能自己一個人行動了。

拇拇升上小學二年級的那一年，我換了辦公室，改到圖書館上班，這對我來說簡直是如魚得水。我經常是館員們都下班了，還留在圖書館裡，有時候甚至一個人待到閉館以後。閉館之後的圖書館神祕極了，偌大的環形空間，一列列輻輳展延出去的開放式書架，讓人覺得置身在迷宮之中，只有外面映照進來的一點燈光，將柱子的梯形陰影投射在發出回音的大理石地板上。而當沒那麼晚，黃昏的時候我也偶爾會看見窗外的籃球場上，拇拇在那裡投籃。那裡也是我們號召大人小孩溜直排輪的地方。

說起來，我的直排輪還是拇拇教的。那時候台灣剛剛流行直排輪，拇拇爸爸託人從美國帶回來三雙一模一樣的直排輪鞋，一雙給了他，他嫌太大，一雙送了我，我要委屈兩只腳ㄚ子才能把它們塞進去（另外一雙是我太太的，就像量好了訂作的一樣）。就這樣，他每滑行一步都像鞋子就要脫落了，而我每向前邁出一步，都可以感受到腳的雙重抗議。當拇拇愈溜愈快，我也愈走愈順，終於也能學會一隻腳使力往外劃，像個輪圈似地原地團團轉。

不用多久，溜直排輪的人愈來愈多，有大人，但更多是像拇拇一樣的小孩，而我也就在那樣緊張又愉快的氣氛中，逐漸認清了自己內心的那個小孩——我終於成了孩子王。不用多久，我們就玩起了紅綠燈或者抓鬼的遊戲，也敢玩接龍。學校裡的另一個同事，因為體格好、爆發力足，所以是龍頭的不二人選，技術佳的拇拇要照應脆弱的龍身中段，而我則總是吊尾巴。龍尾是最危險的，常常要幫助那些容易被甩掉的人，有時候也要負責製造一點驚險的特效。不用多久，我們就把腳踏車也騎上籃球場，雙手攀著後座，跟著車子滑行，同時作出一些奇怪的花式動作。不用多久，籃球和曲棍球也上場了……在籃球場邊有的亮、有的不亮的探燈照明下，有時候月亮也現身夜空，為我們的揮汗如雨降溫。

拇拇讀大屯四年級的時候，我們受邀參加了他學長姊們的畢業典禮，那一年他表演的節目是合唱。他在台上聲音不大，但是笑得很開心，一直露出還沒長好的缺牙。

拇拇升上五年級的那一年，九月二十一日凌晨一點多，台北的四級地震把我們從床上搖了下來。妻子和我心裡明白，大災難來了。我們懷抱著一點恐懼、一點不安的心情，打通了幾個電話問候家人和朋友。也是同一年，大地震過後兩個多禮拜而已，我母親意外身故。在這一年中，她先是挨過了夏天的黃疸，又安然度過秋天的地震，但是卻發生了至今沒有人解釋得清楚的意外，在重度昏迷四天之後，一句話沒有留下，就離開了這個對她而言，太過苦悶的人生。也是那同一年，我決意離開台灣。

我們離開台灣的時候，拇拇剛剛要升讀國一。但是那個他從國小轉換到國中的暑假，我們因為忙著一切出國的事情，沒能再見到他。而等到我們回來的那一年，他已經準備從國中畢業了。我們知道，他已經不再是個孩子，但是很難想像一個長大了的拇拇的模樣。他媽媽說，他現在長得比我還高，他考上了工業設計科。我們約好在天母西路巷弄中的一家義大利麵店碰面，那裡有我懷念的青醬麵*。

不過還有比青醬麵更令人懷念的。拇拇的腮幫子還是襯著兩片肉，只不過現在看起來更像是精肉，肉上面而且綴著臊子一樣的零星幾點青春痘，以前臉頰上暗藏的幾道靜脈還看得見。拇拇的眼睛仍然是細細長長的鳳眼，同樣地充滿著笑意。門牙當然是早已經長出來了。頭型也還是長長的，但是髮型更長。因為學吉他的關係，手指甲也跟著留得長長的。總之，整個人都讓我感覺長長的，就像傳說中的那隻兔子站了起來，而且和我們同桌吃飯。

我們為他從德國帶回來一個鐲子，他打開包裝以後，直接就戴上了手腕。他現在是一個美少年了。

拇拇的爸爸說，他長期在大陸工作，兩三個月回來一次，有時候會突然不太認得拇拇，因為他長得太快。拇拇的爸媽個子都不高，有一次爸爸回來，第一次去學校的課輔班當義工，告訴老師他是拇拇的爸爸，老師看這個人，不只是臉孔陌生，連身高都很難把兩個人聯想在一起，所以表現出一付不相信的樣子。拇拇的爸爸情急生智，就回答了一句：「是奶奶高啦！」（奶奶其實一點都不高，綽號人稱「矮仔杏」。）

關於身高，拇拇說他有一陣子心裡突然起了懷疑，他的身高長得那麼長，動作又慢吞吞的，從外表和個性怎麼看，都不像爸爸媽媽，會不會他不是他們的孩子？

拇拇想學騎摩托車，但只屬意「檔車」（打檔車），而且要重型的，因為「重型的檔車帥」，他們父子兩個都可以騎。爸爸媽媽對此沒有任何反對，但是私底下爸爸和媽媽商量，萬一拇拇挑了一台超過150cc以上的，恐怕他會搆不著地。媽媽說，讓拇拇自己決定吧，她很有把握，拇拇自然而然就會考慮到爸爸的。果然，拇拇選了一台150cc的。爸爸從小就是拇拇的偶像，學騎檔車、學「壓車」，爸爸當然是不二人選的教練。冬天天氣冷，拇拇騎車回來手冰冰的，就把手伸出來貼在媽媽的臉上取暖，像一個大孩子會做的那樣。

拇拇進小學以前，將近有四年的時間，總是由媽媽騎著腳踏車，從北投一路載他到天母的幼稚園。在天母多坡段的大街小巷裡，媽媽在前座踩著踏板，一隻腳還襯著加厚的鞋底，拇拇就在後座上像一個大小孩安安靜靜的。

拇拇進小學以後，媽媽才改騎摩托車、開車。

拇拇在小學五年級的時候就「得救」了——他和爸爸一齊跟著媽媽信了基督教。信了教以後的媽媽心生懺悔，常常對拇拇說對不起，因為以前都隨隨便便地帶他。「現在還是一樣隨便啦！」媽媽馬上又笑著補充說了一句。

拇拇聽我們有一段沒一段地談起以前的事，依舊是笑的多，說的少。

我畢竟沒有把在德國遇見棕兔的事告訴拇拇。

有些人你不必對他們說太多。我知道有一天他也會遇見棕兔的——當然不會是我們遇見的同一隻，他自己一定也會發現關於棕兔的祕密——不管是不是我們發現的同一個。

一切都很棒。他是我們所遇過，最最不懂得抱怨的孩子。

*

我吃過最棒的青醬麵是德國朋友Conrad做的，每次在他們家作客，我都會「指定」這道主食。Conrad做青醬用的材料有松仁、羅勒葉、蒜頭、乾的硬乳酪，他把所有的食材先搗碎、切碎，然後混和了橄欖油一起打成濃稠的泥醬。Conrad的青醬幾乎濃到成了塊狀的固體，所以吃的時候要利用剛煮好的麵的熱度來熔化它，誰能想到，只要小小一匙的青醬就能將整盤的義大利麵化成香滑可口的佳餚。有時候為了搭配，Conrad也會同時做出紅醬，他的紅醬因為用的是蕃茄乾，所以也是結塊的，加上一點辣椒，風味絕倫。前年他和新婚的太太Le Thuy從德國到台北來看我們，甚至體貼地為我們帶了所有的食材，外加兩瓶扁圓帝王瓶裝的典型Franken白酒！

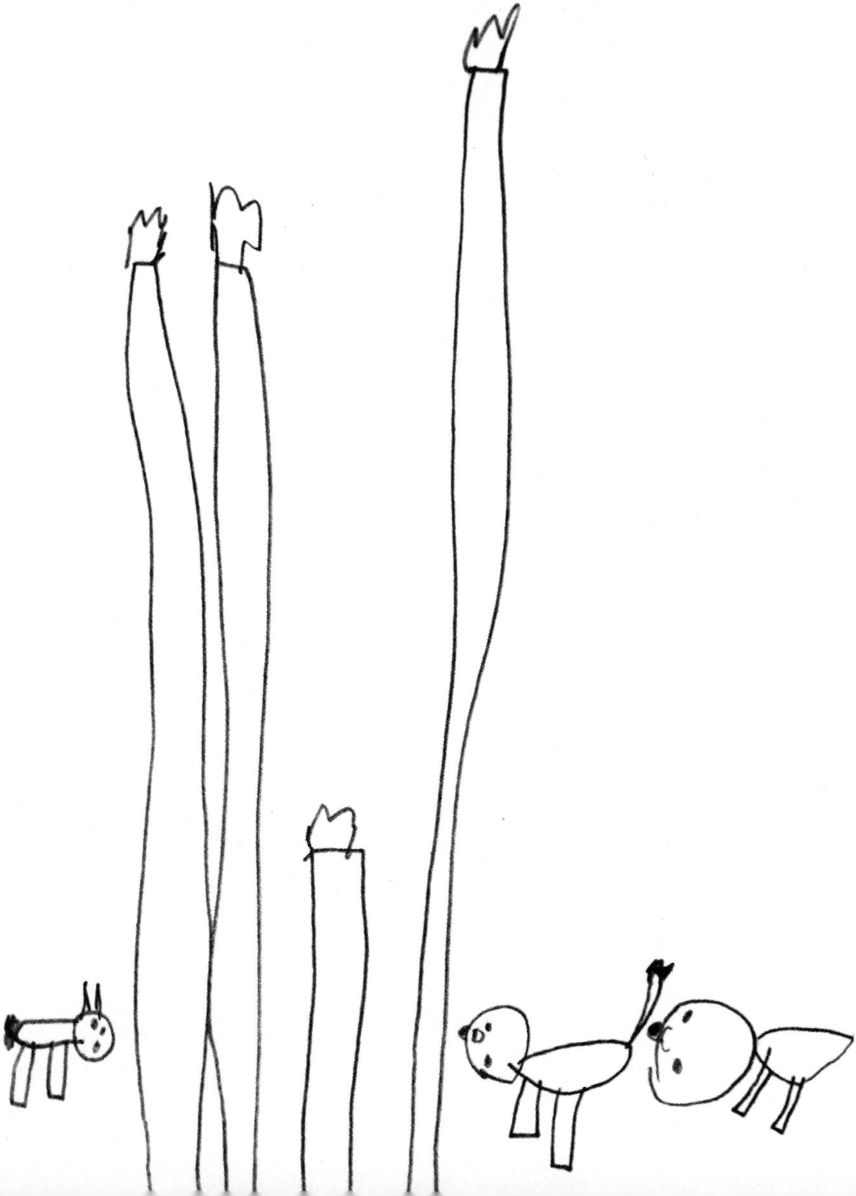

她走在哲學之路上

我的姪女步上我的後塵，也讀了哲學系。

關於她讀哲學系這件事，我始終覺得多少有些責任，因為如果沒有這個讀哲學的叔叔，也許哲學系就不會出現在她的人生選項之中。而如果她沒有讀哲學系，她對生活的想像就應該和目前的極為不同。哲學為她打開了一道門，她走進去之後，就再也不能退回來，悄悄把門關上，然後佯裝她從來沒有進去過。

在她妹妹的眼中，她已經夠幸運了，也夠好了。但我卻無法否認，我為她感到擔心。我擔心她在哲學的門後，找不到其它出路，那麼哲學對她就事實上只成了一種禁錮，而不是通道。當然，除了哲學，人生的其它選擇也都可能引導人們走向絕境，哲學其實並不比別的學科更加危險。可是我能說什麼呢？我自己不也在哲學之路上跌跌宕宕、走走停停？

「如果能夠重來，妳希望大學讀什麼科系？」

我應該會選擇語文類的科系吧，什麼語文都可以，像是法文系。一般的語文系不只是「語言」，也包含了「文學」、「文化」課程，但是以實用性來說，考慮到以後的工作需要，語言還是最有效用、投資率最高的。讀其它科系，同樣要花很多時間在外語上面，但是語文科系則是直接強化這個能力，雖然我們學「語言」一定也同時接觸「文化」方面的內容，例如學法文多少會讀一些法語文學，但這其實還是透過「文學」來加強「語言」。我知道這聽起來是很工具性的，不過我認為，「語言」這個工具是現代社會的基本謀生能力，有了它做什麼都很方便，未來的選項也很多。

「可是只有『語言』而沒有『專業』能力……？」

在學校你其實學不到什麼真正的「專業」。大學四年只是給你一個學術上的基礎訓練，不保證你在相關領域就能擁有足夠的專業知識，它只是一個「開口」，讓你可以看到某些路，但它畢竟只是「入門」而已。當然，這也要看學生本身的態度，另外還取決於大學課程培育的目的。如果學生本身有學術上的興趣，那麼即使大學沒有提供夠深入的課程，他自己當然可以繼續追求下去。反過來看大學的課程培育，當然也要看不同的科系啦，事實上有一些科系對學生的要求比較高，不過學生不一定喜歡，也不一定受得了，因為這些人本來就沒有一定要走這條學術的路。但一般來說，大學生其實學不到什麼真正的「專業」。

「除了語文方面的科系，妳還希望讀什麼？妳的第二選擇會是……？」

沒有想到。

「可是只有語言的工具性訓練，難道大學沒有提供具體的專業知識？」

純知識性的追求是來自對基本知識的掌握，只有擁有足夠的基本知識，才會進一步對專業知識產生渴望和需求，如果只有具備入門的程度而已，那麼那些純知識就會是非常無聊和枯燥的。你沒有辦法體會那種提升的感覺。

「剛剛是一個假設性的問題，事實上，妳已經哲學系畢業了，那麼過去哲學系四年對妳的影響主要在哪裡？」

主要是一種態度上的改變，讓你沒有辦法完全相信某個個別的理論，你會去質疑。雖然我也學過某些哲學理論，但這是其次的，重要的是它們給予的思考訓練，而影響最大的還是態度吧。很多時候，你甚至會跳出這個學科

（指哲學）去懷疑、反問別的學科，比如說歷史學，它們到底想要做什麼？或者像是科學研究，到底我們是「發現」真理？還是「發明」真理？這是面對科學的態度問題。

我們的學科是移植西方的，但是我們並不一定了解他們學科的方法，那個方法很多時候就是哲學。對他們來講，哲學是教育中很根本的一個科目，但是我們並沒有重視這個科目。他們其它的學科也都發展出自己的「哲學」，現在很多重要的「哲學家」其實是來自別的學科，他們從對本學科的研究找到了新方法和新的哲學問題，他們關心的哲學問題常常也不是傳統哲學所關心的。

「只有這個影響嗎？」

她笑了笑，沒有直接回答。然後她說，這是最主要的吧，其它具體的資料就沒那麼重要了。我們在課堂上念的哲學史都是比較古典的，但是像現在的問題、現在的環境都不一樣了，不過也許是我沒有那麼集中去吸收當代的東西吧，所以在使用和交談的時候，就沒有辦法直接地感受到它（哲學）的作用和需求性。

「哲學系對妳的這個主要影響，又怎麼影響了妳的生活？」

我自己的話，變得有點兩極化吧。

現在研究所的同學，有人會說我談問題好像條理分明，其實我是還不到那個程度啦，但是他們會覺得你講話還是比較有脈絡、比較清楚，在閱讀文章的時候也好像比別人更快抓到問題，不容易因為其它細節而偏離主題，但我個人是不這樣認為啦。

另外一極呢，有些哲學家可能擁有其它的生活技能，因為他有一技之長，所以沒有後顧之憂，不必擔心如果不從事哲學的話，以後的生活怎麼辦。但是像某些藝術家，因為他不會賺錢，所以只能以短暫的生命來換取創作的空間。對我來說，如果我想靠哲學過生活，那就必須很有決心學好它才行。

我所謂兩極化的意思是說，我必須考慮未來的生活。如果我念的是更實用性的科系，而不是哲學系，那麼我就不必那麼擔心。讀哲學系讓我深刻地體會到，儘管你是從事嚴肅的學術研究，但這並不意味你可以把現實生活完全拋下。你怎樣生活，不可能因為你投入學術就可以不用管了。讀哲學系反而讓我更加注意到日常生活的現實部分，我之前所念的東西和現實有一段差距，但也因為這種反差，反而更會注意現實問題。

「那麼妳對台大學生在校門口抗議失業問題*，有什麼看法？」

我覺得他們不應該跟台大抗議，而是要跟整個教育體制抗議。現在的大學和整個教育體制給大學生一個觀念，就是他們以後應該會找到工作，這是社會給的一個錯誤訊息，而大學又沒有去糾正，不過這和大學原本的理念無關。大學原本的理念在於「追尋真理」，這是對的，但很多大學的老師、研究人員根本就不追尋真理，怎麼要求學生？整個制度並不鼓勵追求真理，而是追求數量，例如「五年五百億」，主要看你發表多少文章，但好不好根本不重要。整個制度根本沒有辦法支持那些有耐心研究的人，一個好的研究也許需要十幾二十年，才發表一篇，但這樣的人早就被趕出去、被踢掉了。現在的學生當然會關心出路的問題，但是像我一個學妹，她其實也不只是關心出路，他們也會考慮接下來要做什麼，他們也會去想為什麼這個學校不能提供給他們想要學習的東西。

大學應該重新再確認「大學的理念」，大學應該讓學生們知道，大學並不是要給你一個鐵飯碗，這不是你進大學、也不是大學吸引你的原因。台灣現在設這麼多大學，這是有問題的。甚至如果說是「追求真理」的話，只要一所就夠了。如果不想追求真理，可以做別的事，例如技職教育。也許今天就是因為我們的技職教育失敗、不夠專業，所以大學才變成這樣。大學不應該是那麼功利性的，大學不應該是職業的訓練所。所以要改的話，不只是大學，而是從技職教育開始改。如果技術專業性夠的話，這也可以滿足社會的一般需求，而且這是最基本的需求。要透過大學來增加社會生產力，這是不可能的，它做不到。但是大學的基礎研究卻可能可以提升社會的生產力，但這是間接的，它沒有辦法幫社會直接訓練人力。

有一個很尷尬的例子是，我聽園藝系的老師講過，他們曾經請農夫來聽他們的課程，但聽完以後，農夫走到講台上和老師說，他們其實已經使用更新的方法了。老師的想法是很好，希望把能夠提供的東西給他們，可是很多時候人家其實已經走在更前端了。

「不過如果這樣，大學難道不會又淪為學術的象牙塔？大學怎麼樣可以在追求真理和社會關懷之間取得平衡？」

那並不衝突啊！學術的象牙塔其實並沒有接觸到真理，他們是完全和社會脫節。大學不是不關心社會的需求，只是看起來沒有那麼直接的影響，譬如你發現某條定理，可能研究下去會離實用愈來愈遠，其實並不一定是這樣子的，也許是因為科技的限制作不出來，但哪一天當實作性的程度到了一個層面，它就會需要你之前看起來不中用的理論，所以不能說它現在重要不重要，也許要過幾百年以後你才能說，哦，我今天用上了，可以用在生活當中。追求真理的價值並不是表現在它的實用性。

在大學裡追求真理的那些人，其實也不一定需要表現他們的社會關懷、社會責任，他們只要把自己的事做好就可以了，因為你做很多事情，並不知道會產生什麼樣的影響，你只要把事情做好，至於這件事到底需不需要，根本沒有辦法用一個完全客觀的標準去檢驗它。能不能產生影響，不是他自己能夠決定的。

「那麼當大學的中堅分子發現社會上出現了爭議性的話題時，他們應該採取什麼態度？」

他們應該保持開放的態度。任何的觀點應該都被容忍，可以表達，至於是否被接受，那是另外一回事。他們不必提出對於那些爭議的具體看法，但他要容忍不同的看法。

「當社會的衝突擴大，乃至於發生動亂，大學裡追求真理的人又應該抱持什麼態度？他們可以『躲』在大學裡，拒不發言嗎？為某些不合理的事而抗議，難道不也是追求真理的一種方式？」

我剛開始也認為他們應該直接提出異議，但是如果就台大哲學系過去發生的事件**來說，很多當時的異議者努力爭取他們認為對的事情，我會覺得他們那樣做是正確的，可是諷刺的是，也因為這樣，他們成為直接的犧牲者。嗯，儘管這樣，我覺得他們當下還是應該提出。

其實我認為他們也不是白白犧牲，因為如果你不這樣做，你就慢慢地和社會脫節。社會是能容忍你待在象牙塔，但是到了某一個限度，這個限度也許是社會所決定的，例如讓社會爛到不行，當人民生計都發生問題，生命面臨被剝奪，而他還沒有站出來阻止，那麼那個平衡點就被破壞了。到那時候，象牙塔裡面的人反而會成為被攻擊的對象，就算你想要追求真理也不可能了。

「妳想過『生命意義』的問題嗎？」

對這個問題我想了很久很久。結果，對於我到底要不要活下去這個問題，我都產生了懷疑。好像活著也沒有什麼特別的，就只是活著而已。活著是一件很無聊的事情。所以這時候我就特別地感到……虛無。

人有一套自我毀滅的機制，所以人會老化會死亡，可是有趣的是，他又必須讓生命延續、產生新的生命，讓整體可以延續下去。以一些滅種的生物為例，它們到底是被淘汰呢，還是這其實是一件好事？我覺得滅種好像也沒什麼大不了的。就個體來說，個人的生命結束也沒什麼大不了的。為什麼整體一定要存活下來，全部都虛無不就好了嗎？人類也是……就算人類創造了文化和藝術又怎樣？人類又沒有比其它生物更高等，他的高等也不過是在某個更高等下面的其中一個……他有藝術又怎樣？藝術也只是對人自己有意義。它有沒有意義，其實也只是對人而言。

「人也發展了科學，所以我們有能力嘗試了解宇宙的來源，這不是我們剛才說的追求真理嗎？難道這也沒有意義？」

對啊，這只是對人來講才有意義，不過你要是否定了人……

「所以妳否定了人類？」

我否定我自己啦！有我又怎麼樣！

「如果整個世界什麼都沒有的話，不會少了什麼？」

不會啊！這樣很好！這就是最原來的開始。

「所以進化本身沒什麼目的？」

進化的目的就是為了結束，然後再開始。甚至是不是要再開始一次，還不一定。

「妳什麼時候開始有這樣的想法？」

念大學以後，大一以後，我自己就開始這樣想。

「到目前為止呢？」

更加肯定這個想法，就是活著好像也沒什麼意思。但是莊子就會說，你這樣又好像太在意活著，所以想趕快死。

「換句話說，妳還不是全然虛無，因為妳還在意生死……」

是啊，因為如果完全不在意，那麼活著也無所謂啊……可是因為太在意了，所以會想，活著又怎麼樣？死了又怎麼樣？當然，會有別人告訴你，生命中還有其它你現在沒有辦法知道的事情……

「是啊，比方我們現在坐在涼亭下，前面是湖水，有鵝、有綠樹，清風迎面吹來。或者你到山林、到海邊去，我們是活生生的生命，而且擁有美感經驗，會反省思考。難道這些都沒有意義？」

那些意義都是暫時的，你很快就會遺忘，它會過去，即使你活在一個再美的地方，那也不是很重要，因為它都不是永久的。

「妳不認為，真的有一種『悟道』之人？妳不能想像，有一天自己『開悟』了，就那一刻和那一刻以後的妳來說，生命的意義就完全顯豁出來？」

是有那種人。他會努力地分享他的意義，幾千年來以各種方式傳達給你，但我自己感覺不到。我不否認也許有人達成了，可是就我這一世或我這個個體來說，我做不到，因為我已經到了一個極限……

「妳怎麼知道自己已經到達極限了？」

因為我已經不感興趣了。

「是對生命的意義不感興趣了？還是對生命本身不感興趣了？」面對這

個問題，她停頓了下來。

應該也不是不感興趣，而是說，就是可以把它結束掉了。即使現在結束掉了也無所謂。

「『短暫』對妳來說很困擾嗎？」

就是因為這麼多短暫的經驗，所以你知道自身是有限的。

「所以說到底，原來妳在追求永恆？」

我沒有追求永恆。

「妳『嫌』那些經驗太過短暫，即使美好，還是短暫的，那不就意味著，如果美好的瞬間可以不斷地、永恆地接續下去，那麼對妳來說就有意義了？」

嗯，永恆下去……也許吧……可是那一切就停止了。只有當停止的時候，才是永恆的。應該這樣說，對於現在的認知，我已經受到了限制，我感覺到它的有限性，所以這讓我受不了了。

「妳沒有在宗教或其它哲學中獲得一種啟發？」

那一定是要透過宗教……哲學不太可能提供……即使有哲學，你也必須要有宗教……

「妳剛剛提到的莊子……」

我覺得還是沒有辦法，他做不到。只有宗教才能讓你無條件去相信某些東西，即使它不一定是真的。它能激發出的力量不是哲學能帶給你的。哲學可以讓你用比較精緻的方法去接近它，但你不能像宗教那樣全然地投入。

「這樣聽起來，又好像宗教只發揮一種催眠作用，只不過麻痺了妳對那些問題的憂慮……」

我相信宗教的力量。但是這和我要不要接受它，是兩回事。對別人來說，因為有宗教，他們可以活下去，我不會去干擾他們，如果他們能夠催眠自己，還感到快樂，那就夠了。不過我想宗教可能對我還是有點用處，不然我不會活到現在。雖然我說我不相信，但是宗教一定在潛意識中影響了我，不然我不會現在坐在這裡。

「也許是妳沒有勇氣……」

除了這個原因以外，我只能說，宗教是我唯一可能可以接受的。如果我今天連宗教也徹底地否定了，那我就會把它結束掉。可是我現在還不敢完全否定它，即使我非常懷疑。

「妳唯一可以接受的宗教指的是……佛教嗎？」她點點頭。「為什麼妳還會對宗教懷抱一絲希望？」

應該是因為家庭吧。

「到底是家庭還是宗教？」

因為宗教就是家人帶給我的，對我來說，家人和宗教可以劃上等號。如果我否定了宗教，那就等於割裂了和家人的關係，不管是生命也好、思想也好，我就會和世界完全隔離。到那時候我就會完全消失掉，我的存在就再也沒有任何價值了。所以當和家庭的紐帶斷了，到那時候我就會把我這個基因結束掉。我不會想再和任何人發生關係，例如結婚，把生命延續下去，我不會那麼做。

「所以妳到底困擾不困擾關於『生命意義』的問題？」

還滿困擾的。

「妳曾經找過其它什麼積極的方式尋求解決？」

曾經在最困擾的時候，我也問過塔羅牌、向「天使」祈求，尋求一種人力以外的方式來解答。所謂「天使」其實只是一個代名詞，不一定指基督教的。會用「天使」是因為……佛教不鼓勵人向外求，解脫不是向外求得的，佛教教人應該徹底放下，而不是去求。就我以前來說，我是不會去求天使給我力量，但是現在……某些時候就會試試看。

「有用嗎？」

有用。

「妳常常處在這種虛弱的狀態嗎？」

會啊。其實講來講去，還是那些最基本的生活方式，你沒能解決，可是又沒辦法，妳根本找不到出路……

「妳有沒有考慮過休學？」

有啊。我曾經抽過卡片，我問說是不是應該繼續念下去，它給我的回覆是「念書就是追求真理」，因為我抽到的是一張「圓形」，我那時候一直想說，「圓形」應該比較好，追求真理，但是我這樣念下來的感覺是，我一直想念我喜歡的東西，可是當我念了我最喜歡的東西以後，我發現我仍然不喜歡。我的想法，我大概不會再對任何東西感到喜歡了，不會再追求了，因為根本沒有什麼會是你喜歡的？其實根本無所謂什麼選擇，你只能認命，命已經定了，你唯一能作的選擇就是這個。

「說到底，原來妳是一個宿命論者？」

對啊。可是很想把這個命……對抗宿命的唯一方法，就是把它結束。

「如果有人論證說，妳今天所以想要把它結束掉，這其實也是命中早已經被決定的，這聽起來不是很無力嗎？」

不會啊，那很好啊，就結束了啊……終於結束了，沒有什麼不好的。但是就是沒膽。（笑）有人講，很多人念哲學是為了解決生命的問題，可是念了以後問題更多，我就是一個好例子。念了以後，你就會想更多，可能以前從來都不會這樣想，覺得一切都是理所當然，念書就是為了考大學，以後好好工作，人生就是這樣過下去。可是當我達到一個目標以後，就不知道下個目標是什麼，人生到底是怎麼一回事？你知道得愈清楚，就愈覺得說……那又怎麼樣，你還是得活啊……

我對她說，人生並不只有眼前看到的幾種選擇。

我對她說，雖然家人是她最重要的生命聯繫，但這也許反而成了對她的牽制。

我對她說，我們不能被自己的心理綁架了。

我對她說，其實她只是缺少被鼓勵。

我們後來又說了這個那個……

如果，有人像我和她的對話＊＊＊一樣，也對我提出一些問題，反覆辯難，我應該感到慶幸嗎？我應該慶幸自己在人生的某一刻，坦誠地吐露自己的感受與想法，而且被記錄下來？

也許我會想，十年後回來，重新遇見過去的自己？

也許我會想，十年之前，那個曾經的我是怎樣走到了他後來成為的那樣？

所有我們的對話又是一次「典型的」哲學對話嗎？只有「說」本身才有意義，而對於說的「人」和對話過後的「人生」卻絲毫不發生作用？

哲學，畢竟等同於全然地空想？

人生是艱難的，對於認真生活的人來說，尤其如此。我很懷疑，對於一個曾經深思過生命意義的人而言，究竟可不可能退回到「原始的」自然狀態。即使是莊子，也並沒有呼籲人們返回生物性的自然世界，在那裡尋求安身立命。

哲學之路確實是一條不歸路。妳既然走過了，當然會明白。不過，讓我們繼續「前進」吧！雖然沒有人能肯定那不會是一條「後退」的路。

讓我們繼續走下去，即使必須把哲學放在一旁也沒有關係。

* 根據《聯合報》記者湯雅雯2009年1月7日〈畢業即失業，等於「斃業」！〉的報導：數十名台大學生昨天在台大校門口，化身「斃業生」，呼籲產官學界正視大學生失業問題，不要讓他們「坐以待斃」。金融海嘯凍傷全球景氣，台灣失業率再創新高。近十幾名台大學生昨天穿著黑色學士服，在校門口搭起「斃業生」靈堂，捧著自己的「遺照」，走到靈堂前，撒冥紙、課本，還躺在地上捲白布，象徵行屍走肉，只能「捲鋪蓋」回家當米蟲。台大政治系四年級蔡宇薇說，政府普設大學的政策，今日正受到嚴酷考驗。面對金融風暴，大學針對學生的就業輔導，仍停留在提供就業資訊、辦理大型校園徵才活動，皆已不符市場需求。就讀台大中文系三年級的吳尹文則說，輔修教育學程的她，本希望成為一名國中教師，但目前流浪教師充斥，讓她對未來感到茫然；現階段只能充實自己的英語能力，培養第二專長，降低求職的不確定感。吳尹文透露，班上同學看到現在景氣這麼差，大家紛紛延畢考公職或研究所，報考研究所的學生大概增加約二成。蔡宇薇建議青輔會設立讓大學生提早實習的部門，讓現階段「青年職場體驗計畫」，開放給大三、大四學生提早到職場實習。台大創意創業學程兼任教授夏學理說，台大畢業的學生，以往跟失業是沾不上邊的，現在連他們都站出來了。「就業都有問題了，更何況是創業。」夏學理說，政府應多提供青年國際參與的機會，讓大學生就業市場不止在台灣，也能跟國際接軌，增加國外就業機會。

** 「台大哲學系事件」是指1972年12月到1975年6月之間，由國民黨特工系統以「反共」之名，對台灣大學哲學系內自由派學者進行整肅的一連串行動。

時代背景：1970年代，由於中華民國在國際政治舞臺上接連受到重大打擊（例如退出聯合國、尼克森訪問中華人民共和國、與日本斷交），於是幾乎在同一時期發生的釣魚臺主權爭議，便成為台大學生表達政治關懷的最佳途徑。當時的政府對於大學生以「愛國」之名進行學運串連有所疑慮，因而在1972年4月4日到4月9日，連續六天在《中央日報》副刊連載署名「孤影」的〈一個小市民的心聲〉長文，反對學生運動、反對言論自由、反對自由派知識分子、反對學術自由，鼓吹應該給予政府更大的權力，以保障全國小老百姓能「吃一碗太平飯」。

職業學生事件：1972年12月4日，台大大學論壇社舉辦「民族主義座談會」，哲學系講師陳鼓應對〈一個小市民的心聲〉的論調強力反駁，遭到當時就讀於哲學研究所的馮滬祥發言反對，雙方發生爭論，陳鼓應指馮為「職業學生」，哲學系學生錢永祥當場聲援陳鼓應，要求「大家不要聽職業學生的話」。會後，馮滬祥具文向校長閻振興告狀，陳鼓應因而被撤銷導師職務，錢永祥也受到訓導處記大過一次的處分。

為匪宣傳事件（職業學生事件後續效應）：1973年2月12日，錢永祥與考古人類學研究所學生黃道琳被警備總司令部約談。隔天，警備總部搜索陳鼓應的住處。陳鼓應和哲學系講師王曉波隨後遭到警總拘留，罪名是「為匪宣傳」。雖然陳鼓應和王曉波隨後由校長閻振興具保釋放，但是陳鼓應在學期結束之後就沒再接到台大聘書，王曉波也在1974年6月以後不再續聘。

理則學零分事件：1973年6月，馮滬祥參加理則學期末考試，結果六題全錯（其他同學也不及格），被任評的講師楊樹同給了零分（事後召集諸位老師核對，確定為零分），因此無法順利畢業。馮滬祥便四處具狀陳情，指稱台大哲學系遭「赤色分子」把持，「愛國學生」遭到迫害，並威脅楊樹同必須讓他過，語中居然提及「系務將整頓」之事。之後，哲學系主任趙天儀本來想將馮滬祥以威脅師長的理由記過，但是受到訓導長的勸阻。不過由於錢永祥因為指摘他人而被記過在前，馮滬祥威脅師長卻不受處分，因此引發了爭議。加上趙天儀在對陳、王、錢等人的懲處案中並沒有積極配合，他因而被撤銷了系主任職務。8月，由成中英（前台大哲學系系主任）推薦，新聘到任的客座副教授孫智燊代理系主任。

孫智燊的系務會議與大整肅：孫智燊到任後，便不斷指稱台大哲學系內有一批「共產黨同路人」。並將原本召開的哲學系系務會議臨時改為哲學系緊急座談會。會中批判哲學系內部有美國費正清集團及成中英支持的人士（後來成中英澄清為子虛烏有），並指控王曉波的碩士論文《先秦儒家社會哲學之研究》是呼應中共的「批林批孔」。這次的座談會作成了記要，對校內、校外宣傳，同時也通知了媒體、政府。這次事件導致了哲學系九名教師聯名向校長閻振興告狀，但已經無能為力。孫智燊最後在1974年6月的教師續聘案中，建議不續聘趙天儀、黃天成、王曉波、楊斐華、林正弘等多名教師，結果趙、王、楊三人在行政會議上獲得不續聘處分。孫智燊更以系主任的權力，停聘了李日章、胡基峻兩名兼任講師。經過大規模的停聘風波後，孫智燊被解除代主任職務，返回美國，系主任由孫推薦的黃振華接任。1975年6月，黃天成、郭實渝兩名講師也不獲續聘。

獲得平反：台灣解嚴之後，要求重新調查台大哲學系事件的呼聲再起。1991年，台大組成以楊維哲為首的調查小組，對哲學系事件進行調查，但是警備總部等單位都認為調查小組並非司法單位，拒絕配合提供資料。1995年，台大委請監察院進行調查。1997年，台大哲學系事件獲得平反，陳鼓應與王曉波復職重回台大授課，其他人也多獲得賠償或回到台大哲學系任教。

（參考維基百科中文詞條「台大哲學系事件」，但這個詞條的內容被

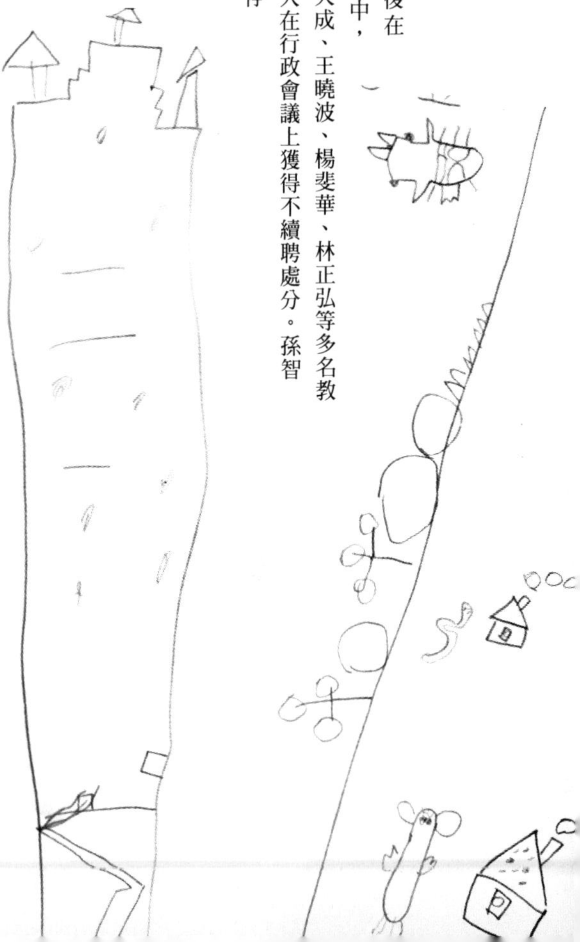

標示為「中立性有爭議」，而且「內容、語調可能帶有明顯的個人觀點或地方色彩」。只不過標示者並沒有在「討論頁」中說明此文中立性有爭議的原因。另外，這個詞條也被指出「沒有列出任何參考或來源」。）

***

我用了類似蘇格拉底的「對話」方法，扮演一個「催生者」的角色，只有在她臨時停頓下來的地方提供適用語詞的建議，好引發她對問題的進一步思考，對話的結果最後就融合成了她對我所提問題的回答（只有本文後半部對「生命意義」的討論，保留了比較多的一來一往的原對話模式）。我們的「對話」是她二十三歲的這一年，對人生、對社會，也是對生命中最深沉的自我的反思。

後記
第十三個孩子

遇到真實的小孩時，我是那種合則無比投契，不合則相看兩相厭的人。我的朋友有時候會帶小孩來，跟我合得來的小孩，在見面的瞬間就可以變成好朋友，但是偶爾也會碰到合不來，一看到我就嚎啕大哭的小嬰兒。因此，我學會不再強迫自己認為所有的小孩都是可愛的。合不來就是合不來。「很不幸，我和你的小孩不合。」我會直接這麼說。雖然算是老生常談，但是，總覺得所謂的小孩就是意味著有無限的可能發展。隨著年紀的增長，小孩就愈來愈無趣了。……原本是天賜之物的他們，已經在不知不覺間變成了人為之物。……所以，一直嚷著「想要有自己的孫子」的我，最近已經打算「算了」。心想，只要能夠經常和那種年紀的小孩相處就好了。反正小孩會一個個從我們的身旁經過，遲早都會長大的。我們的工作也是一樣，雖然小孩一個個從我們身旁經過，但我們永遠不缺小孩。我自己已經漸漸能夠這麼想了。（〈隱喻的地球環境〉，採訪者：山本哲士、高橋順一，季刊《iichiko》No. 33,34，日本Belier Art Center，1994.10.20、1995.1.20發行；見宮崎駿《出發點1979-1996》pp. 531-532）

第一次讀到宮崎駿的這段訪談，看他說出了「我學會不再強迫自己認為所有的小孩都是可愛的。合不來就是合不來。」這樣的話，覺得真是實在。這個擁有不尋常能力創造童話的人，也有他認為不可愛的小孩。（相反地，這是不是也意味著，也有不喜歡他的小孩？）他還認為，「隨著年紀的增長，小孩就愈來愈無趣了。」不幸的是，所有的小孩「遲早都會長大」。所以按照宮崎駿的邏輯，所有的小孩也勢必愈來愈無趣——當他們毫無例外地都長成了大人的時候。

真的嗎？

如果無趣的大人「真的」是由小孩子長大而成的話，難道不會有什麼「有趣的」東西，在成長的過程中就此留下來了，常駐在每一個人的內心深處？那些，即使是無情的時間也淘洗不掉的東西？

「**每個大人都曾經是小孩**」這句話，難道對大人們沒有任何意義？（這句話對小孩想必是沒有意義的，因為小孩缺乏了理解這句話所需要的一個參照點——他還沒「長大成人」，或者他還沒「長成大人」。）

反過來，「每個小孩遲早都會長大」，這句話對小孩子又有什麼意義呢？（雖然對大人而言，這句話的意義倒是十分清楚吧！）

「隨著年紀的增長」，宮崎駿是這麼說的，誰不是呢？難道我們可以凝結在童年之中？就像俄羅斯娃娃一個套著一個，或者像「莊周夢蝶」的寓言：

> 昔者莊周夢為胡蝶，栩栩然胡蝶也。自喻適志與！不知周也。俄然覺，則蘧蘧然周也。不知周之夢為胡蝶與，胡蝶之夢為周與？
>
> （〈齊物論〉）

或者，像天文學家們的「多重宇宙」（multiverse，又名「平行宇宙」parallel universes）概念，儘管無法實證，但卻充滿了無限的想像空間。難道我們不（可）能「隨著年紀的增長」，在長大的同時（身體的變化算是最明顯的了，女生男生都一樣）仍然保有一顆童心？一顆分量雖不足以平衡世界的熵（作為一個系統混亂程度的度量），但卻輕易就能改變世界的「心」？一顆小孩沒有了它，就不成其為小孩；而大人有了它，卻成就其為「大人」的赤子之心？

一個人擁有大人的形軀和小孩子的心，會是一種奇怪的生物嗎？還是「一個小孩的形軀裝配著大人的成心」更令人不安呢？

當大人們和小孩子相處的時候，誰給誰造成更大的困擾呢？大人們都覺得小孩麻煩極了（小時候小麻煩，長大了大麻煩）。但是偶爾也聽聽小孩子們的意見吧！

教育家和政治家都喜歡這麼說，「小孩是我們的未來。」但是這句話好像只說了半邊，另外半邊不見了，「我們的未來是小孩？」

哎呀，我的話好像愈說愈費解了。不過宮崎駿說得對，「我們永遠不缺小孩。」

真幸運。

關於小孩，在另一次宮崎駿與司馬遼太郎的對話中，我覺得司馬遼太郎說得更好：

宮崎　唉，《紅豬》其實是我不該去做的作品。

司馬　怎麼說呢？

宮崎　因為，我的工作人員跑來對我說：「請您為小孩著想，製作一部屬於小孩的動畫吧。不要光為自己著想，假如光想到自己的話，那還不如去看書。」結果慚愧的是，我還是做出了一部光為自己著想的動畫。

司馬　不用刻意為小孩著想吧。我覺得，宮崎動畫是一個沒有大人與小孩之分的普遍世界。就像我，既然已經是個大人，那麼就算我看了許多好東西，還是會無法接受太過幼稚的動畫。畢竟，小孩就是小孩呀。但是，在您的動畫裡，確實有一種小孩與大人共通的普遍性存在。

宮崎　我想應該是吧。在電影院裡，只要小孩能夠幸福，周遭的大人也會跟著感到幸福。他們的幸福並不是來自電影，而是因為看到小孩的臉上洋溢著幸福的光采，因而感到幸福。

司馬　不是不是，應該說連大人本身也會覺得幸福無比才對。

宮崎　連大人也因而得到解放，那是一幅多麼奇妙的景象啊。

司馬　英國有一位作家好像說過「小孩是人人之父」，也就是說，缺乏童心的大人是最無趣的人。只要是認真工作的人，都必定有一顆童稚之心。大人在電影院裡之所以感到開心，就是因為他本身變成了一般的小孩，所以才會笑逐顏開。一個人縱使已經是滿臉皺紋，也要保有一顆童心，否則就絕對不能信賴。而當一個人給人無法信賴的印象時，不就意味著，他的倫理觀也是不值得信賴的嗎？

（〈站在龍貓森林中閒談〉，對談者：司馬遼太郎，《週刊朝日》1996.1.5、1996.1.12號；《出發點1979-1996》pp. 360-361）

多麼深邃的見地！「**小孩就是小孩呀。**」

在現實人生中，宮崎駿是一個工作狂。我忍不住要引用另一個動畫導演，也是他多年的老朋友——高畑勳*——對他的描述。下文引述的文章雖然經過我的節錄，但似乎還是有點太長了，請耐心讀完：

宮崎是個非常勤勞的工作者。他好像是用「人懶人的子孫」來形

容我。雖然我有很多難能可貴的同伴會幫我把緊抓住樹枝不放的三根手指頭併攏、鬆開，但其中尤以宮先生（按，原文如此）最為特別。首先，因為他本身是個工作狂，且從不吝惜提供自己的才能。其次，因為他擁有從中衍生出，令人畏懼的緊張感和魄力。他會鞭策我的怠惰之心，挑動我的內疚感，讓我被工作追著跑，激發我原本貧乏的潛能，這就是宮崎駿的存在意義。……

宮崎駿的頭很大。每一頂帽子都必須是特大號才能裝下他那顆頭顱。或許是預知他將會是個腦筋動得既快又好的聰敏之人吧，所以，他的父親才會把跑得並沒有特別快的他取名為「駿」。雖說頭大不代表思慮就一定靈活快速，但幸好他那顆頭的血液循環特別良好，非常容易沸騰。他是個熱血男子漢，在夏天需要吹特強的冷氣。……

宮崎駿的頭腦始終都停不下來。即使有空閒的時間，也絕對不會發呆休息。……

宮崎駿是個愛操心的人。愛恨分明感情豐富、傷心落淚、開懷歡笑、過度期待他人的才華、為夢想破滅而吶喊叫嚷、盛怒激動、對他人所作所為無法坐視不理……

他在工作時假如中途離席，絕對不會把檯燈和收錄音機的音樂關掉。這是基於「我應該馬上就會回來」的一種強迫觀念（強迫責任感、義務感）。

宮崎駿是個非常害羞的人。他有孩子氣的一面，天真無邪又任性率直，所以會把自己的欲望表現在臉上。可是，卻又因為有著比別人多一倍的律己、禁欲意志及羞恥心，因此經常想要加以隱藏，使得表現出來的行為顯得曲折不可測。……

他對自家人的行為態度也相當在意且同感羞恥。……

宮崎駿在同伴之間經常會毫不掩飾的口出粗語。……經常對周遭的人吐露一些破壞性的虛無話語。……

宮崎駿是個用心的人。……有時候大家一邊畫分鏡，一邊可以聽到他講述感人肺腑、令人潸然落淚的故事。他所營造出的角色，尤其是熱情專注的男人們滑稽的動作和奸笑的壞人角色，只要是了解宮先生的人，都知道這些根本就是他本人的某部分寫照。

……

……只要是深知他個性的人，對於他的言行舉止都只有一個歸納法，那就是「宮先生根本是矛盾的綜合體」。……

……宮先生……雖然時常口出惡言，但大家還是非常依賴他，而且也非常喜歡他。雖然說笑的成分居多，但是，我們這群朋友之中甚至有人認為宮先生本人要比他的作品有趣多了。……

P.S. ……宮崎駿能夠在司馬遼太郎氏和堀田善衛氏健在之時與他們見面，真是太好了。他當時的態度並沒有與黑澤明氏見面時的那種「禮儀」和「害羞」，反而讓人感受到一種清新的謙虛感和共鳴。他投寄給《朝日新聞》的那篇對司馬遼太郎氏的追悼辭（參見《出發點1979-1996》pp. 219-220），完全是真情流露的自然表現，我感到非常高興。聽說他還在司馬氏的葬禮上放聲大哭……

（高畑勳〈愛的火花〉，見《出發點1979-1996》pp. 550-560）

回頭再看看宮崎駿是怎麼說高畑勳的：

「阿朴」(PAKUSAN)，是我們這些老朋友對高畑勳導演的稱呼。阿朴的興趣是聽音樂和讀書，雖然擁有難得一見的縝密組織能力和非凡的才華，但卻是個超愛賴床的天生懶人。大家都說人類的祖先是猿猴，但我環視一下辦公室，心想：說不定也有豬八戒或蓋尼米德星人的子孫混雜其間。如果真是那樣的話，那麼眼前的這位阿朴先生一定是穿梭在鮮新世**草原上的大懶人的子孫。……

（見《出發點1979-1996》pp. 210）

你看，宮崎駿的「缺點」有多少！可是人們還是一樣喜歡他和他的作品。人，誰沒有「癖性」呢？

司馬遼太郎說得真對，「一個人縱使已經是滿臉皺紋，也要保有一顆童心，否則就絕對不能信賴。」他自己就絕對是宮崎駿信賴的一位長者。在一篇悼念司馬遼太郎的文章中（不是前面提到的那篇追悼辭），宮崎駿說他寫那些文章，目的都是在說明「司馬先生這個人為什麼是『感覺很好的日本人』」，對於他的去世也表達了深沉的遺憾，他甚至說，「雖然我知道自己不應該說出這種話，但是，我父母親去世的時候，其實我都早有心理準備。多麼希望司馬先生能夠再活久一點。」

但是他並「不是為了要向他討教日本今後的出路」，宮崎駿說，他「只是難過再也無法向司馬先生發牢騷，對他說：『事情變得麻煩了。』我想，司馬先生一定會說，『唉，真的是麻煩』，就這樣，我的心情便會輕鬆不少。我一直覺得，他應該是最能了解我心中煩憂的人。並不是因為他能告訴我什麼。那種感覺，你們應該明白吧。」

唉，如果以後也有人（也許是一個孩子，也許是一個長大了的孩子）像宮崎駿說司馬遼太郎那樣，寫下他們對我的思念……

那種感覺，你們應該明白吧。

※

本集各篇寫作的時間下限是二〇〇九年三月，換句話說，書中凡是說到「今年」指的就是二〇〇九年，「去年」指的就是二〇〇八年，依此類推。各篇次序的安排，則是依照主角的出生年月先後，從最小的到最大的，分別是：

小豆，二〇〇三年三月（那年夏天，當狗比較好）

堯堯，二〇〇二年十一月（天上的星星會說話）

純平，二〇〇二年二月（可是我還是小孩子啊）

筠翔，一九九八年三月（想告訴你的話）

奐萱，一九九七年八月（我最鍾愛的孩子）

小草，一九九六年十一月（大家好！我叫小草）
劉樸，一九九六年十一月（我們家的樸子）
奐婷，一九九五年十二月（天使之鬼）
安安，一九九二年四月（那個穿四輪溜冰鞋的女孩）
AL，一九八九年八月（六角之戀）
拇拇，一九八九年五月（棕兔的祕密）
我姪女，一九八六年二月（她走在哲學之路上）

本書各篇的編次並不是原來的寫作順序。我是跳著寫（也是挑著寫），有的篇章是睡前醒後人還躺在床上，心裡突然生起靈感，有了關於某個孩子的一點想法，於是就一路寫成初稿，也有的是剛好某一天和孩子們約了見面，或者是他們的父母打電話來聊起某些事，然後就引出了寫作的動機。

各篇的寫作雖然並不按長幼有序來進行，但是在過程中我卻常常意識到交織在他們之間的時間之流，比方奐婷小六的時候，小草多大了，比方安安出國的時候，劉樸讀幾年級，比方純平幼稚園畢業的時候，小豆都在玩些什麼。我心中的這種交互穿插的時間感，讓孩子們不同時期的種種鮮明印象接續成為一幕幕動畫，不僅有時間的縱深，同時也獲得了空間的廣延，而孩子們就在這個記憶的時空之中蛻變、成長。我希望，讀者也能在這十二個孩子的故事中，偶然遇見他們原本沒有預期的「對照」——我（我的孩子）那時候又在做什麼呢？

十二篇文章在寫定後都分別給孩子們自己或他們的父母親讀過，也個別訂正了一些訛誤。

這本書是獻給他們的父母親的，因為沒有他們和他們的努力與用心，就不可能產生這些故事。當然，如果少了這些孩子們的伯母（或者叫阿姨、舅媽、嬸嬸）——也就是我太太——的幾近完美的記憶（她說她從國中開始就意識到自己「滿腦子漿糊」，什麼事情都一沾就黏住了），這些故事將會以一種更加哩哩落落的方式呈現，而我對孩子們的「想像」也許就會不知不覺地滲入成為我的「記憶」。

我要謝謝孩子們提供給我的照片、圖畫（鴉）作品、日記、文章，還有學校的作文和週記等等，閱讀這些資料的經驗相當複雜，有的教人心生莞爾，有的教人不忍不捨，有的一邊讀一邊開懷大笑，有的讀後為之久久默然。那些記錄了他們真實生活的一部分。

人的想像和記憶都是有極限的。本書當然也容或有因為一時記憶的散失和錯亂，或者因為文學筆觸的需要而增飾的部分，但是，每一篇故事本身都是真的。

只有「真」，才讓人信賴。

* 高畑勳的作品包括了《太陽王子霍爾斯的大冒險》（中視從1973年起曾經以《華倫王子》的譯名多次播放本片的中文配音版）、《小天使》（《阿爾卑斯山的少女海蒂》）、《萬里尋母》、《清秀佳人》、《螢火蟲之墓》、《兒時的點點滴滴》等等，他同時也是宮崎駿動畫電影《風之谷》、《天空之城》的製作人。

** 鮮新世（Pliocene，中文或譯作「上新世」）指的是地質時代中距今約500萬年前到160萬年前（這是根據維基百科日文詞條；英文詞條和德文詞條都作距今533萬年前到180萬年前，中文詞條則作530萬年前到180萬年前）的一段時間。最早的類人的動物在這一世的末期出現。

印刻文學252

十二個孩子的人生哲學

作　　者　張善穎
繪　　者　小豆
總 編 輯　初安民
責任編輯　施淑清
美術編輯　林工作室
校　　對　施淑清　張善穎

發 行 人　張書銘
出　　版　INK印刻文學生活雜誌出版有限公司
台北縣中和市中正路800號13樓之3
電話：02-22281626
傳真：02-22281598
e-mail：ink.book@msa.hinet.net
網　　址　舒讀網http://www.sudu.cc
法律顧問　漢廷法律事務所
劉大正律師

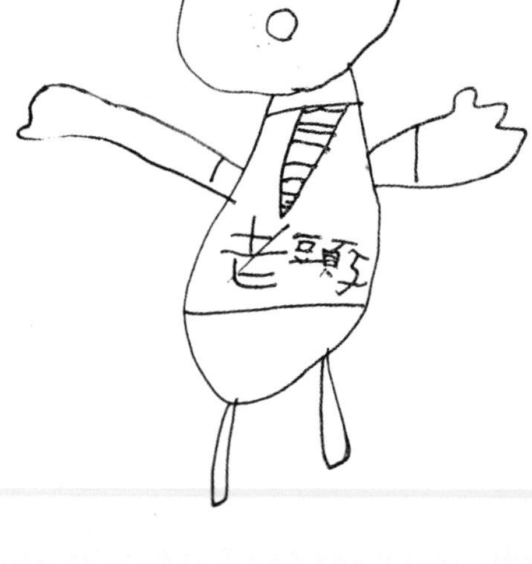

總代理　成陽出版股份有限公司
電話：03-2717085（代表號）
傳真：03-3556521
郵政劃撥　19000691　成陽出版股份有限公司
印刷　海王印刷事業股份有限公司

出版日期　2010年3月　初版
定價　260元
ISBN　978-986-6377-65-5

臺北市政府文化局主辦
第十屆臺北文學獎文學年金得主

國家圖書館出版品預行編目資料

十二個孩子的人生哲學／張善穎著. 初版.
臺北縣中和市：INK 印刻文學，2010.03
256面；15X21公分.（印刻文學；252）
ISBN 978-986-6377-65-5（平裝）
1.兒童哲學 2.成長故事 3.哲思作品
191.9 99001527